Paul Tschackert

Herzog Albrecht von Preussen

als reformatorische Persönlichkeit

Paul Tschackert

Herzog Albrecht von Preussen
als reformatorische Persönlichkeit

ISBN/EAN: 9783743387287

Hergestellt in Europa, USA, Kanada, Australien, Japan

Cover: Foto ©Raphael Reischuk / pixelio.de

Manufactured and distributed by brebook publishing software (www.brebook.com)

Paul Tschackert

Herzog Albrecht von Preussen

Herzog Albrecht von Preußen

als

reformatorische Persönlichkeit.

Von

D. **Paul Tschackert,**
ordentlichem Professor der Kirchengeschichte in Göttingen.

Halle 1894.
Verein für Reformationsgeschichte.

Innerhalb des durch Luther beeinflußten Reformationsgebietes begegnet uns „im fernen Osten" eine Landeskirche von eigenartigem Gepräge mit so viel hervorragenden charaktervollen Persönlichkeiten, daß es sich wohl lohnt, ihr besondere Aufmerksamkeit zu schenken: es ist die Kirche des Ordenslandes Preußen. Ihre geistigen Kräfte, ihre rechtliche Organisation, ihre politische Lage — jedes einzelne dieser Themen könnte man zum Gegenstande der Betrachtung machen, und gewiß nicht ohne Frucht für die Gegenwart. Denn zahlreiche Freunde, Schüler und Gesinnungsgenossen Luthers und Melanchthons, Männer aller Fakultäten, sind einst in das Preußenland gezogen, um in Kirche, Schule und Staat evangelisierend und kultivierend zu wirken, und Königsberg wurde für Ost-Europa ein zweites Wittenberg. Die rechtliche Organisation der dortigen Kirche aber unterscheidet sich dadurch von allen andern deutschen Schwesterkirchen, daß in Preußen die geistliche Obrigkeit für die Reformation Partei ergriff, mit der staatlichen einmütig zusammenwirkte und dadurch selbst bestehen blieb, so daß in Verfassung und Verwaltung der Kirche kein Bruch des historischen Rechts nötig wurde, und der Episkopat als evangelischer vortrefflich weiter fungierte: ein Uebergang vom Mittelalter zur Neuzeit ohne Revolution. Das wäre unmöglich gewesen, wenn nicht die Interessen der Reformation mit denen des damaligen preußischen Staates so innig verflochten gewesen wären, daß Kirche und Staat mit einander standen und — gefallen sein würden, wenn eines vom andern gelassen hätte. Denn wenn auch durch lange und schwierige politische Verwickelungen mit Polen die Säcularisation Preußens veranlaßt und schließlich geboten war und daher auch nur in den Formen einer politischen Aktion vollzogen wurde, so ist doch für die auf preußischer Seite Beteiligten, für den

Hochmeister und die Ordensbevollmächtigten, die durch Luthers Lehre erwiesene Nichtigkeit der Ordensgelübde der moralische Grund gewesen, auf welchem fußend sie ihrerseits den Rechtsakt vollzogen, durch welchen aus dem Ordensland Preußen das Herzogtum gleichen Namens wurde; dieser Staat mußte daher die evangelische Kirche seines Landes pflegen, fördern und beschützen. Die politische Lage des Landes gestaltete sich aber für die preußische Kirche äußerst vorteilhaft im Vergleich mit sämtlichen Landeskirchen im „heiligen römischen Reiche deutscher Nation"; denn während auf diesen allen die eiserne Hand des stillen Fanatikers Karls V. lastete, welcher, ein neuer Karl der Große, es als seine göttliche Mission ansah, die Einheit des katholischen Abendlandes selbst über den Kopf des Papstes hinweg aufrecht zu erhalten, wußte sich der preußische Herrscher vor einer spanischen Invasion sicher, und im Notfall hätte ihn der polnische König, damals ein mächtiger Mann in Europa, gegen jeden Angriff geschützt. Da es dabei dem polnischen Herrscher nur auf die politische Oberleitung des preußischen Landes ankam, so hatte Albrecht auf kirchlichem Gebiete völlig freie Hand; ohne Rücksicht auf Kaiser und Reich, auf Papst und Konzil konnte er handeln wie sein evangelisches Gewissen, seine Regierungsklugheit und sein landesväterliches Herz ihn trieben.

Und er hat gehandelt wie ein Mann, wie ein ganzer Mann, als Fürst vornehm und standesbewußt, aber ohne jede Ueberhebung; als Schöpfer und Lenker des preußischen Staates den Regierungsgeschäften ernst hingegeben und dennoch in Staat, Gemeinde und Haus voll Interesse für die Welt der kleinen Dinge; mit dem Schwert erprobt nicht nur als Ritter im Spiel, sondern auch als Führer des Kriegsvolkes; mit der Feder geschäftig in Briefen und geistlichen Betrachtungen, und doch zugleich ein Kriegsschriftsteller, dessen Kriegsbuch den Höhepunkt der deutschen Kriegswissenschaft des sechzehnten Jahrhunderts bedeutet.[1]) Er hätte Gelegenheit gehabt, an der Spitze von Söldnerschaaren in den Krieg zu ziehen und dem Kriegsruhme nachzujagen; statt dessen hat er seinem Lande, nachdem es noch unter der Ordensregierung die Gräuel des Krieges gekostet, fast volle 47 Jahre die Segnungen des Friedens erhalten, und das, als gleichzeitig die dynastischen

Kämpfe Karls V. das westliche und mittlere Europa erschütterten, als die nordischen Reiche sich durch Blut und Schwert ihre Sonderexistenz schufen, und der Südosten Europas durch die Türkenkriege in beständiger Aufregung erhalten wurde. Mit wissenschaftlicher Arbeit in jungen Jahren nicht vertraut gemacht, hat er im reifen Mannesalter sie aufs höchste achten gelernt, und als Fürst ist er, der Stifter der Universität Königsberg, zahllosen Männern der Kunst und der Wissenschaft, so weit die deutsche Zunge klang, ein huldvoller Gönner und thatkräftiger Versorger geworden, wie kein Fürst im deutschen Lande es konnte oder wollte. Unter dem Dache seines alten, nicht gerade behaglichen Königsberger Schlosses war er dabei in fast 21 jähriger erster Ehe ein glücklicher Gatte und treuer Familienvater, derb zwar wie sein Zeitalter in den Aeußerungen seines Gefühls, aber ehrlich und treu, in seiner Musterehe mit der dänischen Königstocher Dorothea dem Volke ein mächtig bildendes Beispiel. Als in dieses Fürsten Seele die hellen Strahlen des wieder entdeckten Evangeliums fielen, und ihm sein mittelalterliches Denken und Streben in wahrer Beleuchtung erschien, trat der 33 jährige Mann innerlich auf Luthers Seite, zog für sich, für sein Land und sein Volk die Konsequenzen, welche sich aus Luthers Lehre ergaben, wandelte den geistlichen Ordensstaat in ein weltliches Herzogtum um und wurde der Gründer der preußischen Landeskirche und darüber hinaus der gute Geist der Reformation Ost=Europas überhaupt; was an evangelischem Christentum sich regte zwischen Marienwerder und Krakau, zwischen Posen und Riga, es hatte am Fürstenhofe zu Königsberg seinen moralischen Halt; Albrecht war eine kirchengeschichtliche Persönlichkeit geworden. Dies aber ist das Wichtigste an ihm; denn die Religion war es, welche seine Seele ausfüllte; sie ist die Grundkraft seines ganzen inneren Lebens; er lebt und webt im Evangelium, das ihn aus dem mönchischen Wesen gerissen und im Gewissen frei und froh gemacht, und diesem beseligenden Worte Gottes Raum zu schaffen wie im Gottesdienste so im Staatsleben, ist sein höchster Wunsch. Wer heute in der Entstehung und Leitung der Staaten den Höhepunkt des geistigen Lebens der Menschheit sieht, mag in dem Herzoge Albrecht den Fürsten ehren, welcher unter den denkbar schwierigsten Verhält=

nissen den Staat schuf, in welchem die Brandenburgischen Hohen=
zollern ihr Königtum fanden, das Königtum, welches der Träger
des modernen deutschen Kaisertums werden sollte. Wir aber
lassen seine Politik hier beiseite und richten unser Augenmerk
nur auf

Albrecht als reformatorische Persönlichkeit.

Wie von selbst ergiebt sich der Umfang dieser Aufgabe dahin,
daß wir darstellen, erstens wie dieser Fürst überhaupt dazu kam,
der Reformation beizutreten, sodann was er in seinem eigenen
Lande für sie gethan, endlich wie viel er über sein Land hinaus
für den Protestantismus überhaupt geleistet hat.

I.

In die Geschichte war das preußische Land eingetreten, als
nach erfolglosen Missionsversuchen im zehnten und elften Jahr=
hundert das katholische Christentum im Anfange des dreizehnten
Jahrhunderts durch einen Mönch Christian (wahrscheinlich von dem
katholischen Polen aus) bei den „Pruzen", (den Weisen, wie sie
sich nannten) Eingang gefunden, und dieser Mönch als Bischof
im Kulmer Lande seine organisatorische Wirksamkeit begonnen
hatte. Energischer, aber auch in selbstsüchtiger Absicht bemächtigte
sich gleich darauf der Deutsche Orden des preußischen Landes von
Kulm bis Memel und Lyck, sicherte sich durch Zwingburgen den
Gehorsam der Unterjochten, zog Kolonisten herbei, beutete das
Land aus und lebte herrlich und in Freuden. Die Kultur, welche
er dort pflegte, diente seiner Machtentfaltung, wie die Ordens=
burgen und =Schlösser hie und da im Lande bezeugen, oder der
Repräsentation, deren Pracht wir erst bewundern können, seit die
Herrlichkeit der Marienburg vor unserm Blicke wieder ersteht.
Original ist an dieser Kultur der nach Osten verpflanzten Gothik
das Profane, das Fürsten=Schloß zum Wohnen, mit weiten Höfen,
mit majestätischen Empfangssälen, mit Erkern, Spitzen, Zierden
ohne Zahl und alles im edelsten Spitzbogenstil, monumental von
außen und doch behaglich im innern — das Prachtwerk des
gothischen Profanbaues überhaupt und in seiner Art, als Bau=

werk großartiger als das Seitenstück dazu aus der romanischen Epoche, die Wartburg. Kirche und Mission wurden zwar vom deutschen Orden nicht ignoriert, aber auch nicht gerade besonders warm gepflegt; man baute die notwendigsten Kirchen, begründete in den vier Bistümern des Landes Pfarreien, aber auf die hervorragendsten Pfründen brachte man am liebsten Genossen des Ordens selbst, um so die gesamte Gewalt im Lande in der Hand behalten zu können. Die Herren vom Orden in Preußen meinten nämlich, daß sie zum Herrschen berufen wären, und der deutsche Adel sah dieses Land als eine Versorgungsanstalt, als eine Art „Spital" für seine Söhne an. Die oberste Pfründe war natürlich die des Hochmeisters. Zwar der Nimbus, welcher das Haupt des Ordens im vierzehnten Jahrhunderte umgab, war, seit das mächtigere Königreich Polen die Macht des Ordens geknickt hatte, stark verblichen; die Marienburg war in die Hand der Polen geraten, welche sie verfallen ließen, und von dem unschönen dunkelräumigen Ordensschlosse zu Königsberg aus regierte der Hochmeister mit den Gebietigern des Ordens nur noch über den Rest der alten Herrschaft, welcher geblieben war. Aber diese umfaßte immerhin noch ein ansehnliches Gebiet: das heutige Ostpreußen ohne Ermeland, dazu von Westpreußen die Kreise Marienwerder und Rosenberg, ferner das baltische Ordensland und auswärtige Besitzungen des Ordens, welche sich bis nach Oesterreich, Tyrol, Süddeutschland und zum Niederrhein erstreckten. Freilich war der Wert dieser Herrschaft im Anfange des sechzehnten Jahrhunderts recht unsicher: denn an den Grenzen des preußischen Landes drohte der mächtige Polenkönig, um es politisch völlig von sich abhängig zu machen: er wünschte zu diesem Zwecke die Huldigung des Hochmeisters zu erlangen; der Orden hingegen wollte sie nicht leisten lassen, aber doch einem Kriege mit Polen möglichst ausweichen, also zum Könige ein möglichst erträgliches Verhältnis einnehmen. In solcher Lage schien es deshalb den ausschlaggebenden Persönlichkeiten des Ordens, daß es ihrer Genossenschaft am förderlichsten wäre, wenn ihr Hochmeister einer mächtigen Fürstenfamilie angehörte, um dadurch eine moralische und womöglich auch eine politische Stütze gegen Polen zu gewinnen. Als daher am 14. Dezember 1510 der Hochmeister Friedrich, geborener Herzog von Sachsen,

zu Rochlitz in Sachsen gestorben war, fiel die Wahl der Ordens=
gebietiger auf einen jungen deutschen Fürsten, welcher durch seine
Familienverwandtschaft wirksame politische Unterstützung, dazu
als Neffe des regierenden Polenkönigs noch besonders zur Krone
Polen wünschenswerte Beziehungen erwarten ließ, auf Mark=
graf Albrecht von Brandenburg fränkischer Linie, dessen Vater
Friedrich der Bruder der polnischen Königin Sophia war. Ihm,
dem Markgrafen Friedrich, mochte die Wahl seines Sohnes gerade
recht sein; er willigte ein, und Markgraf Albrecht trat in den
Orden und damit an die Spitze jener eigentümlichen deutschen
Adelskolonie, die, in Preußen vielleicht 50 bis 60 Herren an
der Zahl,[2] von keiner öffentlichen Meinung kontrolliert, in dem
„sarmatischen" Lande ihrem ritterlichen Sport oblag. Nachdem
sich die Gebietiger des Ordens noch am Ende des Jahres 1510
(am 31. Dezember) zu Heiligenstadt in Preußen über die Person
des Nachfolgers verständigt hatten, wurde Albrecht am 13. Februar
1511 zu Zschillen, einer dem deutschen Orden gehörigen Probstei
in Sachsen, im Beisein seines Gönners Georg von Sachsen und
seines eigenen Bruders Markgraf Kasimir, nach den Vorschriften
des Ordens eingekleidet und von den Ordensbevollmächtigten mit
dem Hochmeisteramte betraut.[3] Am 14. Februar zeigte er von
Rochlitz aus den Landständen in Preußen die Uebernahme seiner
Würde an. Seine Uebersiedelung nach Preußen ließ sich aber
aus Familienrücksichten erst im folgenden Jahre bewerkstelligen;
1512 am 22. November ritt der jugendliche Hochmeister in Königs=
berg ein. Daß sich hier seine amtliche Thätigkeit in den Bahnen
seiner Vorgänger zu bewegen hatte, und daß sein Hauptaugen=
merk auf die preußisch=polnische Politik gerichtet sein mußte, liegt
auf der Hand; aber alles noch so klug überlegte Lavieren half
nichts; es kam zum Kriege; der Orden zog dabei den Kürzeren,
und Albrecht mochte von Glück sagen, daß der Polenkönig sich
herbeiließ, am 10. April 1521 zu Thorn einen Waffenstillstand
zu bewilligen, des Inhalts, daß nach Verlauf von 4 Jahren, also
bis spätestens 10. April 1525, entweder ein definitiver Friede
zwischen den beiden streitenden Mächten geschlossen oder aber die
Feindseligkeiten aufs neue beginnen sollten. Was nun thun?
Im Ordenslande Preußen selbst waren alle Hülfsquellen ver=

siegt; Livland machte sich unter dem klugen und energischen Landmeister Walter von Plattenberg von dem Hochmeister unabhängig und aus den übrigen Besitzungen des Ordens war kein Geld zu erhalten. Wenn noch irgendwoher Hülfe kommen konnte, mußte es aus Deutschland sein; zwar auf Kaiser Karl V. war zunächst nicht zu rechnen, weil dieser gegen Franz I. von Frankreich alle Hände voll zu thun hatte, aber vielleicht auf Karls Stellvertreter in Deutschland, den Erzherzog Ferdinand, oder auf das „Reichsregiment", welches in Nürnberg tagte, oder auf den Reichstag, welcher 1522 sich dort versammelte. Es galt also zu handeln, und im April 1522 ritt Albrecht von Königsberg ab, um auswärts zu versuchen, ob Hilfe zu erreichen sei. Damit begann für ihn eine Zeit ziellosen Tastens; man vermißt an ihm in diesen unsicheren Jahren in der Politik eine feste Haltung; wer aber dürfte ihm bei der Lage, in welcher er sich befand, deswegen Vorwürfe machen! Als er aus Königsberg abgeritten war, hatte er in Preußen eigentlich nichts mehr zu verlieren; da er auch draußen die politische Hülfe nicht aus dem Boden stampfen, ja überhaupt eine ihn und den Orden befriedigende Entscheidung in absehbarer Zeit nicht herbeiführen konnte, ist es nicht verwunderlich, daß er auf den Gedanken kam, sich militärisch anderweitig verwenden zu lassen, sei es im Dienste Ludwigs von Ungarn, oder Karls X. gegen die Türken, oder Christians III. von Dänemark, oder selbst Franz' I. von Frankreich, ja daß er gar das jetzt nicht beneidenswerte Hochmeisteramt ganz niederzulegen nicht abgeneigt war. Wir erfahren aus einem eigenhändigen Schriftstück Albrechts von einer geheimen nächtlichen Unterredung, welche 1524 zu Nürnberg zwischen ihm und einem Abgesandten der polnischen Regierung stattfand, wobei ihm von diesem, der später sein treuer Freund geworden und geblieben ist, angeraten wurde, daß, wenn er des Hochmeisteramtes überdrüssig sei, er es niemandem anders als allein dem polnischen Könige übergeben möge; derselbe würde ihn „mit Land und Leuten, auch mit einem Dienstgelde freundlich versorgen." Albrecht erklärte, daß er allerdings willens gewesen sei, die Hochmeisterwürde abzulegen und in französische Dienste zu treten: er wolle aber den treuen Rat der polnischen Herren nicht verachtet haben und dieser Sache weiter nachdenken; allein, daß es aufs aller erste sehr heimlich bliebe.⁴) Diese Unterredung spiegelt uns die Lage wieder, in welcher der Hochmeister sich befand; und war denn der polnische Vorschlag so ganz verächtlich? Die Hand des Polenkönigs lag schwer auf dem Ordenslande; sie abzuschütteln, wer hätte das vermocht! Wollte also Albrecht in Preußen bleiben, Land und Leute behalten und dabei auch aus den bis dahin unaufhörlichen Geldverlegenheiten wenigstens für seine Person herauskommen, so mußte er irgend eine Form friedlichen politischen Verkehrs mit dem Polenkönige herstellen. Den Weg dazu hatte ihm bereits vorher ein anderer gewiesen, der sich mit Politik nicht beschäftigt, aber mit evangelischer Erkenntnis die Unhaltbarkeit der katholischen „feierlichen Gelübde" erwiesen und damit auch die Grundlage des ganzen Ordensstaates erschüttert hatte, kein geringerer als Martin Luther selbst. Indem sich Albrecht in seinem Gedankenkreise dem Mönche von Wittenberg anschloß, fand er den Ausweg auch aus seinem politischen Labyrinth. Es war an einem Novembertage des Jahres 1523, da ritt der Hochmeister des deutschen Ordens auf einer Reise von Berlin nach Nürnberg mit Absicht über Wittenberg, und der Augustinermönch in Bann und Acht empfing den ersten Besuch eines regierenden Fürsten.

Merkwürdigerweise war es in gewisser Hinsicht der Papst selbst gewesen, welcher unbewußt zu diesem Schritte den Anlaß gab. Denn der Erkenntnis, daß die inneren Verhältnisse des deutschen Ordens unhaltbar geworden seien, hatte man sich selbst an der päpstlichen Kurie nicht verschlossen, und so war denn der Hochmeister schon am 6. November 1519 von Leo X. aufgefordert worden, den Orden zu reformieren, und Hadrian VI. hatte diese Aufforderung erneuert. Beide Päpste hatten selbstverständlich unter Reform nur eine Ausbesserung der Schäden des Ordens, kein Rütteln am Ordensinstitut selbst verstanden. Inzwischen war aber bekannt geworden, was Luther unter Reformation der Kirche verstand, und schon im September 1521 hat ein kluger Diplomat des Hochmeisters, der sächsische Edelmann Dietrich von Schönberg, bei Albrecht den Gedanken angeregt, die Ordenssatzungen, das große Ordensbuch, durch den Kurfürsten Friedrich den Weisen dem Doktor Luther zur Beurteilung zuzuschicken.⁵) Da aber

Luther damals auf der Wartburg weilte, und die bald in Wittenberg ausbrechenden Unruhen der Zwickauer Propheten den Ratgeber selbst fürchten ließen, daß jetzt ein solcher Schritt nicht geheim gehalten werden könne, so riet er unter dem 12. Februar 1522 selbst davon ab. Dabei blieb es, bis Albrecht nach Nürnberg kam und dort eine innere Wandlung erlebte, welche ihn schließlich dazu führte, Luther persönlich aufzusuchen. Da er mit diesem Schritte und seinen Konsequenzen in den Bereich der Reformationsgeschichte trat, so ist hier der Ort, uns über seine persönliche Vorgeschichte zu informieren.

Markgraf Albrecht von Brandenburg war am 17. Mai 1490 zu Ansbach in Franken geboren; sein Vater, Markgraf Friedrich, hatte außer diesem seinem dritten Sohne noch sieben Söhne und fünf Töchter zu versorgen. Auf die Bildung der Kinder konnte unter solchen Verhältnissen am Ansbacher Hofe nicht übermäßig viel verwendet werden, und der praktische Sinn des Vaters erstrebte auch für die Söhne nur standesgemäße Stellungen an Fürstenhöfen oder für die, welche den geistlichen Stand wählten, einträgliche Prälatenpfründen. Das ist ihm auch mit allen Söhnen bewunderungswürdig geglückt. Wie wenig der alte Markgraf dabei auf die litterarische Bildung Albrechts Gewicht legte, ersieht man am besten aus der Behandlung, welche dem Lehrer des Knaben am ansbachschen Hofe zu teil wurde: dieser, der Magister Udalrich Seger aus Mönchberg, seit 1498 im Dienst, sollte als Gehalt jährlich 10 Gulden und einen Rock bekommen, war also auf eine Diensteinnahme niedersten Grades angewiesen, und sogar diese erhielt er keineswegs pünktlich und regelmäßig, so daß der junge Markgraf selbst gegen Ende des Jahres 1506 für den „von Kindheit auf als treu erkannten Magister" bei seinem fürstlichen Vater ein gutes Wort einlegte: „Wir hören und sehen täglich und wissen die Beschwerung unseres Magisters durch Aufhaltung seines Geldes, dadurch er seine Gläubiger täglich vertrösten muß; wir bitten, ihn seiner langen treuen Dienste wegen nicht damit aufzuziehen;" und nochmals unter dem 1. März 1507: „auch bitten wir von wegen unsers Magisters um Bezahlung; da er uns fleißig und getreulich gedient hat, so beschwert es uns, daß er nicht bezahlt soll werden und auch nicht mit einer Pfründen versehen."[6] Erwecken diese

Aeußerungen gerade kein erfreuliches Bild, um so lieber wird man hören, daß der Jüngling damals in allgemeiner Bildung, besonders in der Handhabung der Muttersprache, im Gedankenausdruck und in der Führung der Feder, recht achtungswerte Fortschritte gemacht haben muß; wenigstens müssen wir in seiner späteren Zeit die Schnelligkeit bewundern, mit welcher er die Feder zu führen verstand; wenn er als Herzog in Preußen mit fließender Handschrift zahllose Entwürfe zu Regierungsschriftstücken, Privatbriefe oder Meditationen niederschrieb, so muß er sich die Fähigkeit dazu doch in diesen Jahren erworben haben. Von gelehrten Unterrichtsgegenständen wurde ihm nur das Latein nahe gebracht; aber da weder Eltern noch Lehrer eine wirklich wissenschaftliche Bildung an ihm erzielen wollten, so brachte es der Markgraf nicht über das „Küchenlatein" hinaus, wovon ein uns erhaltener lateinischer Privatbrief aus seiner Feder (vom 1. August 1535) Zeugnis ablegt:[7]) und die diplomatische Korrespondenz, welche damals in lateinischer Sprache geführt wurde, vermochte er nicht zu lesen. Er hat sich und anderen später die Mängel seiner Jugendbildung nicht verhehlt; ihn selbst traf dafür keine Schuld; der Sinn für geistige Bildung fehlte ihm nicht; sonst wäre er nicht der hochherzige Gönner der Gelehrten geworden, als den wir ihn in seiner Regierung kennen lernen. Weit wichtiger erschien dem Vater die Heranbildung des Sohnes in höfischer Sitte und ritterlichem Waffendienst. Zu diesem Zwecke gab er ihn zunächst nach Köln an den Hof des damaligen Kurfürsten und Erzbischofs, wo es ihm während des Jahres 1507 recht wohl gefiel. Mit Dank hat sich Albrecht später der Erziehung erinnert, welche er am Hofe des trefflichen Erzbischofs empfing. Für den Vater war es dabei recht wertvoll, daß der Sohn nicht mit leeren Händen wiederkam; er hatte eine Domherrnpfründe in Köln inne, und 1508 kam noch die sehr einträgliche Stelle eines Dechanten in Hof dazu. Waffendienst aber leistete Albrecht zum ersten Mal als 18jähriger Jüngling im Heere des Kaisers Maximilian, an dessen Hofe der Vater viel verkehrte und wohin er den Sohn oft mitnahm. Damals ließ der Kaiser, der 1508 gegen Venedig Krieg führte, den Markgrafen Kasimir, Albrechts ältesten Bruder, mit dem ersten Heerhaufen auf Roveredo marschieren und dasselbe belagern; an dieser Expedition beteiligte sich Albrecht; aber das Glück wollte den Belagerern nicht wohl; Roveredo wurde nicht genommen, und schwer erkrankt mußte Albrecht nach Hause zurückkehren. Nicht lange darauf, am 14. Dezember 1510, starb der Hochmeister des deutschen Ordens, Herzog Friedrich von Sachsen. Durch den Bruder des Verstorbenen, Herzog Georg, wurden die Gebietiger des Ordens auf den jungen Markgrafen Albrecht von Brandenburg als auf einen an Leib und Vernunft geschickten jungen Fürsten aufmerksam gemacht, und sie wählten den Fürstensohn aus den Gründen, welche wir bereits kennen, zum Hochmeister. Der Vater stellte das Abreiten des Sohnes nach Preußen im Juni 1511 in baldige Aussicht; aber die Erkrankung der Mutter, welche am 4. Oktober 1512 starb, verzögerte dies. Acht Tage später, am 11. Oktober 1512, verließ der junge Hochmeister die Heimat und ritt in sechs Wochen die etwa 140 Meilen weite Strecke über Berlin, Posen, Thorn, Marienwerder nach Königsberg; am 22. November hielt er hier wohlbehalten seinen feierlichen Einzug. Für diese Reise hat er im Oktober von Kulmbach aus seinen Vater „in aller kindlichen Treue" um Zusendung eines „Narren" gebeten, den er nach damaligem höfischen Brauche als komischen Gesellschafter mitnehmen wollte.[5]) Man hat daraus schließen wollen, daß dem Markgrafen der nötige Ernst gefehlt habe, der ihm zur Lösung seiner großen Aufgabe nötig gewesen wäre; aber wer die schier endlose Oede der Landschaft von der Elbe ostwärts bis an die Weichsel kennt, wird den 22jährigen jungen Mann und seinen Wunsch nach einer fröhlichen Reisegesellschaft milder beurteilen. Der Ernst des Lebens ist ihm ja doch noch frühzeitig gekommen, und in der Staatsweisheit hat er sich zu einer Höhe erhoben, daß der Bearbeiter seiner Politik zu dem Urteil kommt, sie habe geradezu einen Zug in's Große genommen, so kühn an Ideen, wie nie zuvor die eines Hochmeisters und wie auch nicht nachher wieder die Albrechts selbst, als er preußischer Herzog war.[9]) Die Politik führte zum Kriege mit Polen, zum Thorner „Beifrieden" und zur Reise Albrechts nach Deutschland, wie wir wissen. Im Oktober 1522 finden wir ihn wieder auf heimatlichem Boden, diesmal in Nürnberg, wo der deutsche Reichstag versammelt war, und Albrecht auf Hülfe gegen Polen rechnete. Er hat mit Unterbrechungen hier von 1522 bis 1524 geweilt, und unvermeidlich mußte er von dem Geiste berührt werden, der die Gebildeten dieser Stadt der deutschen Renaissance bewegte. Hier wirkten nicht blos Albrecht Dürer und Wilibald Pirkheimer, die Repräsentanten deutscher Kunst und Wissenschaft; hier predigte auch Andreas Osiander, der Reformator Nürnbergs. Markgraf Albrecht hat in späterer Zeit diesen Prediger seinen „Vater in Christo" genannt und ihm in einem Briefe vom 30. April 1540 bezeugt: „Ihr seid allein das Mittel, wodurch wir zu göttlicher, rechter und wahrer Erkenntnis gekommen sind, welche Wohlthat wir so hoch achten, daß sie nicht auszusprechen, viel weniger mit etwas zu vergleichen ist." [10]) Das kann sich nur auf die Predigten beziehen, welche der Hochmeister, der bis dahin gut katholisch war, in Nürnberg aus Osianders Munde gehört hat, und zwar muß das alsbald nach seiner Ankunft daselbst, im Herbste des Jahres 1522 geschehen sein; denn schon im Dezember dieses Jahres hatte Luther in Wittenberg über einen Ausspruch des Hochmeisters Kunde erhalten, woraus er schließen durfte, daß dieser auf seine Seite neige. Als nämlich der päpstliche Legat zu Nürnberg auf Verfolgung der Sache Luthers und auf Verbrennung der reformatorischen Schriften drängte, soll der Hochmeister, so berichtet Luther, dagegen geäußert haben: er wolle die Kirche gern unterstützen; aber das sei nicht die rechte Weise ihr aufzuhelfen, indem man offenbare Wahrheit verurteile und Bücher verbrenne, und „man sagt", fügt Luther mit Ausdruck über Albrecht hinzu, „er soll vom Evangelium nicht übel denken." [11]) Einen andern Anlaß, sich zur religiösen Frage zu äußern, hatte er, als auf Grund eines kaiserlichen Ediktes auf dem Reichstage die Frage verhandelt wurde, wie es mit den Predigern solle gehalten werden, und der Hochmeister wahrscheinlich gerade damals seinen Vetter, den Erzbischof und Kurfürsten Albrecht von Mainz im „Reichsregiment" vertrat. Als bei dieser Gelegenheit die Prediger verpflichtet werden sollten, „das heilige Evangelium nach bewährten Schriften und nach der Auslegung der vier Lehrer, nämlich Hieronymi, Augustini, Gregorii und Ambrosii, zu lehren", strich Albrecht in dieser Vorlage die vier Lehrer und schrieb dafür „nach bewährten Schriften und christlicher Auslegung." Unter den Vorschlag ferner, daß Geistliche, welche Weiber nähmen, und Ordensleute, welche aus ihrem Orden auszträten, von keiner weltlichen Strafe getroffen, sondern nur „geistlich" d. i. mit Verlust ihrer Privilegien, Freiheit und Pfründen gestraft werden sollten, schrieb der Hochmeister mit eigener Hand sein „Placet." [12]) Auf Grund dieser Aeußerungen darf man annehmen, daß Albrecht Ende des Jahres 1522 und Anfang 1523 unter der Einwirkung der Predigten Osianders in Nürnberg evangelisch geworden ist. Das Evangelium aber, welches Osiander im Sinne Luthers verkündete, mußte den Hochmeister auf die Frage führen, ob, wenn sich die evangelische Grundanschauung mit Recht durchsetze, der deutsche Orden dann überhaupt noch existieren dürfe, und wenn er nun die päpstliche Mahnung der Reform des Ordens erwog, so konnte er jetzt, wo er sich selbst in Deutschland aufhielt, daran denken, den Schönbergschen Gedanken wieder aufzunehmen und sich auch ohne Vermittelung des Kurfürsten von Sachsen direkt an Luther zu wenden. Wurden doch von Nürnberg aus gerade zu Wittenberg von vielen Seiten rege Beziehungen unterhalten! Bei der politischen Bedrängnis aber, in welcher sich der Hochmeister befand, ließ sich dieser Schritt nur mit größter Vorsicht thun; er mußte geheim gehalten werden: weder der Kaiser noch der Papst durfte gegen Albrecht Verdacht schöpfen; sonst wäre es um ihn geschehen gewesen; und auch die mächtigen Vettern Albrechts, auf welche er rechnen mußte, der Mainzer Erzbischof und der Brandenburger Kurfürst, waren entschiedene Gegner Luthers. So schlug denn der Hochmeister den Weg ein, daß er am 14. Juni 1523 einen vertrauten Rat, den Magister Johann Oeden aus Heilbronn, in geheimer Sendung mit einem Briefe und einer Abschrift der Gesetze des deutschen Ordens von Nürnberg an Luther nach Wittenberg schickte. Die Instruktion, welche er seinem Rate dazu gab, spiegelt die Vorsicht Albrechts, aber auch sein Vertrauen auf Luther wieder. Zunächst sollte sich der Abgesandte von Luther über die ihm zu machenden Erörterungen versprechen lassen, daß er darüber „bis in sein Grab schweigen wolle." Habe Luther dies zugestanden, so solle Oeden ihm eröffnen, er habe an Luther ein Handschreiben eines löblichen Fürsten zu überbringen,

dürfe es aber nur übergeben, wenn Luther verspreche, sobald er
es gelesen, es zu verbrennen, nicht weil ihm einiges Mißtrauen ent=
gegengebracht werde, sondern weil wir alle sterblich seien, und,
wenn „dieses aus Verlegen, Vergessen oder Absterben gefunden
werden sollte, ein Nachteil von Personen herbeigeführt würde,
welcher nicht anders als durch besondere göttliche Gewalt, und
auf keine andere Weise wieder gutgemacht werden möchte." Wenn
Luther solches alles einräume, solle Oeden ihm eröffnen, daß der
Hochmeister den deutschen Orden an Haupt und Gliedern für
reformationsbedürftig halte und sich zur Durchführung dieser
„Reformation" Luthers Rat erbitte. Zu diesem Zwecke über=
reiche ihm Oeden in seinem Auftrage ein Exemplar der Ordens=
gesetze, das Ordensbuch; Luther wolle dasselbe emendieren und
überhaupt seines Gemütes Meinung, „wie er verstünd', das christ=
lich wär", schriftlich zu Händen des Hochmeisters überantworten;
er wolle auch in betreff des im Ordensgebiete seßhaften Klerus
angeben, wie der Hochmeister diesen „in ein ehrlich christlich Vor=
nehmen und Uebung bringen solle." Endlich möge Luther dem
Hochmeister auf alle seine weiteren Zuschriften an ihn „durch
Gott" Rat erteilen. Der Reformator wird auf Oeden's Zu=
mutung eingegangen sein und Schweigen gelobt haben; erst aus
den Kopien von Brief und Instruktion, welche der Hochmeister
für sich zurückbehalten hat, haben wir in unserer Zeit den Sach=
verhalt kennen gelernt. Die Antwort Luthers aber ist geheim
geblieben; wir kennen sie nicht; doch will ein Chronist in Danzig,
dem wir zwar nur wenig glauben, welchen wir aber auch nicht
übergehen dürfen, davon erfahren haben, daß sie sehr derb gelautet
und den Eigennutz gegeißelt habe, welcher den Statuten des Ordens
zu Grunde liege.[13]) Soviel ist sicher anzunehmen, daß sie dem
Hochmeister den Wunsch nahe legte, Luther persönlich kennen zu
lernen und Weiteres mündlich mit ihm zu verhandeln. Gelegen=
heit dazu fand sich im Herbste dieses Jahres (1523) auf der uns
bereits bekannten Rückreise von Berlin nach Nürnberg. Ohne
jedes Aufsehen ist auch dieser Schritt Albrechts erfolgt, und nur
aus einem Privatbriefe Luthers an einen ostpreußischen Freund
vom nächsten Jahre erfahren wir, worüber hier verhandelt worden
ist. Sie haben viel Gemeinschaft und Handlung miteinander

gehabt; das Hauptthema aber muß der deutsche Orden gewesen sein; wenigstens berichtet Luther, daß der Hochmeister ihn damals wegen der Ordensregel um Rat gefragt habe. Da habe der Reformator ihm geantwortet, er möge jene thörichte und verkehrte Regel fahren lassen, ein Weib nehmen und aus dem Ordenslande Preußen eine politische Herrschaft machen, etwa ein Fürstentum oder Herzogtum. Melanchthon aber, der zugehört hatte, war derselben Meinung und riet auch dazu. Damals lächelte der Hochmeister nur und antwortete nichts; aber Luther hatte doch bald Grund zu der Annahme, daß sein Rat dem Markgrafen nicht mißfallen habe; und in der That hat Luther in jener Unterredung das erlösende Wort gesprochen; die Idee eines weltlichen preußischen Staates stammt von ihm; die Entstehung dieses Staates ist mit der lutherischen Reformation auf das innigste verknüpft; dieses Preußen mußte, wenn es zustande kam, ein evangelischer Staat werden. Aber bis zur Realisierung der Idee waren noch viel Schwierigkeiten zu überwinden; es mußte die Stimmung des Ordens selbst für diese seine Umwandlung gewonnen, gleichzeitig aber auch die öffentliche Meinung der preußischen Bevölkerung in diesem Sinne umgestimmt werden. Beides konnte aber nur geschehen, indem den Ordensherren und ihren Unterthanen die ganze Verkehrtheit eines mönchisch-ritterlichen Staatswesens, wie das des Ordens war, zum Bewußtsein gebracht wurde. Das jedoch war nur möglich durch eine evangelische Umbildung der ganzen Lebensanschauung der beteiligten Kreise; daher mußte diese Reform, wenn sie gründlich wirken sollte, bei dem Institut des deutschen Ordens selbst einsetzen; dessen Cölibatsgelübde mußten zuerst als nichtig erwiesen werden, wenn die preußischen Zustände geändert werden sollten. So griff denn Luther zu diesem Zwecke selbst noch im Jahre 1523 zur Feder und schrieb eine Flugschrift „An die Herren deutschen Ordens", daß sie „falsche Keuschheit meiden und zur rechten ehelichen Keuschheit greifen" sollten.[15]

Dringend mahnt der Reformator zur Aufhebung des Cölibatsgelübdes gerade den deutschen Orden, weil dieser eher als alle andern Orden ein starkes Beispiel zur Nachfolge werden könne, da er mit zeitlicher Nahrung versorgt sei, also um die Zukunft sich nicht zu grämen brauche; denn leicht könne man das Ordensland unter die Ordensherren verteilen und Landsassen, Amtmänner oder sonst nützliche Leute aus ihnen machen. Durch solche Umwandlung aber werde der Orden selbst den Unterthanen erträglicher und angenehmer sein, während er „jetzt schier weder Gott noch der Welt etwas nütze". Ja der Orden könne so, wenn die Sache „mit christlichem Verstande und unter dem Beifall der Unterthanen" angefangen werde, die Hoffnung hegen, im Besitze des Landes zu verbleiben. Diesen Ratschlag belegte Luther mit biblischen Gründen unter Abweisung aller Konzilsautoritäten. Es wäre zuviel verlangt, wollte man von diesen Wittenberger Blättern eine unmittelbare Wirkung auf die preußischen Verhältnisse erwarten; aber ein kräftiges Leitmotiv bildete Luthers Wort für die Töne, welche nunmehr in Preußen angeschlagen werden sollten.

Es muß nämlich wieder auf direkte Veranlassung des Hochmeisters selbst zurückgeführt werden, daß in demselben Jahr 1523 schon die ersten Sendboten evangelischer Predigt aus Wittenberg nach Königsberg geschickt wurden. Ohngefähr um die Zeit, als Leben zu Luther gesandt wurde, war der Königsberger Münzmeister Albrecht Will auf der Rückreise nach Königsberg begriffen, nachdem er sich bei dem Hochmeister Albrecht seine Bestallung geholt hatte. Er nahm aus Wittenberg einen treuen Freund und Anhänger Luthers, den Doktor der Theologie und bisherigen Franziskanermönch Johannes Brießmann, einen innerlich gerichteten, erbaulichen Prediger, nach Preußen mit, wo dieser vom Bischofe Polentz die Erlaubnis erhielt, im Dome zu Königsberg zu predigen; der Tag, wo er die erste Predigt hielt, der 27. September 1523, ist der Gedenktag der preußischen Reformation. Er selbst berichtet von sich, daß er dahin ordnungsmäßig „berufen" sei; wer anders kann ihn denn haben „berufen" lassen als der Hochmeister, welcher von da an Beziehung mit Luther unterhielt? Und ein Chronist, welcher später auf dem Königsberger Schlosse schrieb und persönliche Erinnerungen Albrechts benutzen durfte, berichtet, daß Brießmann „vielleicht auf Befehl der Obrigkeit" ins Land geholt sei — im Munde des höfischen Chronisten eine vielsagende Andeutung. Am 29. November desselben Jahres 1523 hielt sodann ein früherer Antonitermönch Johannes Amandus seine erste evangelische Predigt in der altstädtischen Pfarrkirche zu Königsberg; Albrecht mochte sich von dem volkstümlichen herzandringenden Prediger eine große Wirkung auf die niederen Stände versprechen; deshalb „verordnete" er selbst ihn den Königsbergern „zum Besten und zur Unterweisung", wie er ihnen nicht lange darauf brieflich mitteilte. Noch wichtiger war es, daß der Hochmeister bei seinem Besuche in Wittenberg den aus Iglau vertriebenen und gerade damals bei Luther weilenden Dr. Paul Speratus, ehemaligen Domprediger von Würzburg und von Salzburg, jetzt flüchtigen Märtyrer des Evangeliums, zur Wirksamkeit in Preußen zu bestimmen suchte. Speratus folgte diesem Rufe und trat im Sommer 1524 als Schloßprediger zu Königsberg in Dienst. „Wir haben", schrieb Albrecht über seine Thätigkeit zur Gewinnung evangelischer Prediger in dem oben erwähnten Briefe, „nicht aus geringwichtigen, sondern beweglichen Ursachen uns hieraußen um tapfere und verständige Leute, die das heilige Gotteswort zu verkündigen und dem gemeinen Manne einzubilden (einzuprägen) geschickt und erfahren, mit allem Fleiß beworben". Er habe dies gethan, weil er sich als „fürstliche regierende Obrigkeit" dazu verpflichtet erachte, „vor vielen anderen Dingen diejenigen zu erhalten, so von Gott, sein Wort auszubreiten, berufen seien, dieweil doch das der beste Wegweiser zur Seligkeit sei". Man fühlt dem Schreiber ab: aus dem politischen Würdenträger will ein evangelischer Landesvater werden, welchem vor allem das Heil der Seinen auf dem Herzen liegt; und schon redet er, als eben über Amandus vor ihm geklagt worden war, von alten menschlichen Mißbräuchen, gegen welche sich dessen Predigt gerichtet haben möge, und verweist auf Christus, welcher in Leben und Predigt „auch nicht bei allen annehmlich" gewesen sei. Brießmann, Speratus, sowie der im Jahre 1525 gleichfalls von Albrecht nach Königsberg berufene Poliander sind die Reformatoren Preußens geworden; daß sie ihren Weg nach Preußen nahmen, daß sie hier ihre Lebensaufgabe fanden, daß durch ihr Lebenswerk dem Evangelium in Preußen freie Bahn geschaffen und Gottesdienst, Glaubenslehre und Leben evangelisch umgestaltet wurden — das ist nicht ausschließlich, aber in erster Linie das Verdienst Albrechts. Die Verdienste der preußischen Bischöfe Polentz von Samland und Queiß von Pomesanien um die Reformation ihrer Sprengel sollen nicht verkleinert werden; aber ins Land gezogen haben sie keinen reformatorischen Mann; mit Einheimischen ließ sie sich jedoch schlechterdings nicht ins Werk setzen; denn unter ihnen war noch keiner vom Wittenbergischen Geiste erfaßt.[14a])

Ein weiterer Beweis, mit welchem Ernste der Hochmeister beflissen war, sich von Luther unterrichten zu lassen, sind fünf Fragen prinzipieller Natur, welche er wohl bald nach jener ersten persönlichen Begegnung dem Reformator zur Beantwortung unterbreitete; und schon die Fragestellung zeigt, daß sich Albrecht in dem Streite zwischen Luther und dem Papste eine feste Ueberzeugung schaffen wollte. Er fragte, 1) ob Christus seine Kirche auf Petrus und die Päpste als dessen Nachfolger gegründet habe, 2) ob der Papst von Gott die Macht habe, außer Gottes Gebot ein Gesetz zu geben, dessen Befolgung zur Seligkeit nötig sei, 3) ob Papst und Konzilien Gottes Gebote abändern können, 4) ob der Papst legitime Ehegatten von einander trennen, und 5) ob derselbe eine in außerbiblischen Verwandtschaftsgraden geschlossene Ehe zerreißen dürfe. Luthers ausführliche Antwort fiel durchweg verneinend aus und wurde dem Hochmeister (im Januar oder Februar 1524) durch Spalatin auf dem Reichstage zu Nürnberg überreicht. Je weniger man sich noch damals über die in Rede stehenden Begriffe und Rechte auf evangelischer Seite klar war, desto wichtiger mußten Luthers Aeußerungen werden, und daß sein Wort bei Albrecht auf einen guten Boden fiel, darf nicht bezweifelt werden. Wenigstens öffnete sich dieser je länger je mehr dem Geiste der neuen Zeit.

Wir wissen bereits, daß er im Juni 1524 den schon im November vorigen Jahres gewonnenen Speratus nach Königsberg schickte; dem Regenten daheim, dem Bischofe Polentz, gebot er dabei, dem neuen Prediger nicht nur für seine Person, sondern auch für sein ehelich Gemahl, das er bei sich habe, freie Wohnung zu beschaffen und „sich in alle Wege gegen ihn mit Gnaden und Gunsten zu beweisen". Dieser Speratus aber, aus Rötlen in Schwaben gebürtig, war ein ausgesprochener Lutheraner, von dem Würzburger und darauf von dem Salzburger Bischofe wegen Luther'scher Ketzerei vertrieben, von der Wiener Theologenfakultät exkommuniziert, von dem Bischofe von Olmütz eingekerkert und nur wie durch ein Wunder befreit — und an ihm nahm der Hochmeister keinen Anstoß, auch an seinem Weibe nicht; soweit war er bereits im Sommer des Jahres 1524 gekommen! In demselben Briefe ferner, in welchem er dem Bischofe Polentz jene Mitteilung machte, trug er ihm auf, er möge auch andere gelehrte Leute, welche dem Evangelium anhängig und desselben kundig seien, aufs Land und umliegende Flecken aussenden, damit das göttliche Wort nicht bloß an einem Orte, sondern allenthalben ausgebreitet werde, doch mit Vermeidung von Aufruhr und Zwietracht. Für das preußische Land war somit Direktion genug gegeben, und es blieb der Einsicht und dem guten Willen des Bischofs überlassen, alles Weitere zu veranlassen. Daß es Polentz daran nicht hat fehlen lassen, mag hier nur gestreift werden; denn wir richten unser Augenmerk weiter auf den Fürsten und seine Maßnahmen.

Es kann nicht Zufall gewesen sein, daß er am Ende des Jahres 1523 als seinen juristischen Rat (und späteren Kanzler) einen Freund Hutten's Dr. jur. Friedrich Fischer annahm. Dieser hatte 1516 und 1517 mit dem kühnen Humanisten in Bologna auf einem Zimmer gewohnt und ihm die Abschrift von Laurentius Valla's antipäpstlicher Schrift „Von der falschen Schenkung Konstantins" angefertigt, welche Hutten drucken ließ. Im Jahre 1518 war es vermutlich derselbe Fischer, welcher durch eine „Ermahnung" die auf dem Reichstage zu Augsburg versammelten Fürsten veranlaßte, die vom Papste nachgesuchte Türkensteuer zu verweigern; als Domherr von Würzburg aber, als bischöflicher Rat und Chorherr des Stiftes Neumünster daselbst, trug er kein Bedenken, heimlich in die Ehe zu treten, was ein juristischer Kollege von ihm, Dr. jur. Johann Apel aus Nürnberg, dort gleichfalls that, nachdem ihnen ihr Kollege, der Domprediger Paul Speratus, mit dem Beispiele der Eheschließung schon vorangegangen war. Dafür von dem Bischofe mit Gefängnis bestraft und nur durch das Eintreten des Reichsregiments befreit, verließen Fischer und Apel Würzburg im Anfang des Monats Oktober 1523, nachdem ihre Frauen schon früher entkommen waren. Während Apel zunächst eine juristische Professur in Wittenberg erhielt, 1525 Luthers Trauzeuge wurde, später aber auch in preußische Dienste trat, finden wir Fischer vom 31. Dezember 1523 bis an seinen Tod

(1529) bei Albrecht thätig. Während des Jahres 1524 arbeitete er zu Nürnberg für den Hochmeister und trug durch Briefe und Gutachten nicht unwesentlich bei, ihn gegen den Einfluß des Legaten Campeggio sicher zu stellen; als dieser den Konvent zu Regensburg zustande brachte, warnte Fischer den Hochmeister vor der Teilnahme an demselben und verurteilte die von den römisch gesinnten Ständen dort geplante angebliche „Reformation" in Ausdrücken, welche ihn uns als einen aufrichtig evangelisch gesinnten Mann erkennen lassen. Als Kanzler war er von 1526 an in Preußen Albrechts wichtigster Regierungsbeamter. Durch Fischers Vermittelung war nun wieder im Sommer 1524 der berühmte Humanist Crotus Rubeanus (eigentlich Johann Jäger aus Dornheim) für den Dienst des Hochmeisters gewonnen. Einer der Bannerträger des Geistes der Neuzeit, Mitverfasser der „Briefe der Dunkelmänner", damals noch ein begeisterter Verehrer Luthers, welchen er noch unlängst von Bologna aus zur Fortsetzung seines Kampfes gegen den Papst ermahnt hatte, entfaltete er von jetzt an bis 1530 seine Thätigkeit im Dienste Albrechts, in dessen geheimem Rate er die Aufgabe hatte, seinen Geist und seine Feder da zur Verfügung zu stellen, wo Staatsschriften mit klugen Gründen und schönen Worten nötig waren, und im Anfang seiner preußischen Thätigkeit, als ihn noch die Hochflut evangelischer Begeisterung trug, begegnet man seinem ciceronianischen Latein mit Freuden. Da sich außerdem die damalige Diplomatie im internationalen Verkehr der lateinischen Sprache bediente wie heute der französischen, so gab es in Königsberg für Crotus Geschäfte genug. — Einen Geistesverwandten von Crotus, den Mediciner Dr. Laurentius Wild, hatte Albrecht auch inzwischen in Nürnberg als seinen Leibarzt berufen. Das „Par Croto-Wildianum", wie Speratus gelegentlich sie nennt, die „Gebrüder Crotus-Wild", wie wir sagen würden, scheinen in der Umgebung Albrechts den eigentlich humanistischen Geist vertreten zu haben, allerdings auch mit seinen Schattenseiten. Ueberblicken wir diese Berufungen, die von Speratus, Fischer, Wild und Crotus, so repräsentieren sie alle vier Fakultäten im neuen Geiste, und man wird den Hochmeister bewundern müssen, der mit Geistesfreiheit und umfassendem Blick sie in ehrenvoller Form um sich sammelte und ihre geistigen Kräfte für hohe Ziele dienstbar machte.

Schon diese Thatsachen würden genügen, um Albrechts innere Richtung erkennen zu lassen: vor Vertrauten machte er aber auch aus seiner evangelischen Gesinnung kein Hehl. Schon am 16. Mai 1524, als er von Mandaten des Bischofs Polentz zu Gunsten der evangelischen Lehre gehört hatte, schrieb er einem seiner Räte: er wundere sich zwar darüber, da er doch (als Landesfürst) „der keines beschlossen: er möchte aber wohl leiden, daß damit gute Christen gemacht würden".15) Dem Bischofe selbst aber riet er am 8. November desselben Jahres, er möge sein Thun so ein= richten, daß „es in alle Wege mit dem Worte Gottes und der Wahrheit bestätigt werde"; dabei wolle er, der Hochmeister, ihn halten und schützen, solange als er selbst in Gnaden von Gott erhalten werde.16) — Zu Albrechts Vertrauten im Ansbach'schen Heimatlande gehörte damals der entschieden evangelische Kanzler des Markgrafen Kasimir, des Bruders Albrechts, Namens Georg Vogler; denselben bat Albrecht am 30. Januar 1525 um Zu= sendung von allerlei evangelischen Traktaten, und am 26. Februar darauf versicherte er Vogler, daß er selbst dem Evangelium un= wandelbar treu bleiben und alles zur Verbreitung des reinen Wortes Gottes thun wolle.

In dieser Gesinnung also ist der Hochmeister im April 1525 nach Krakau gezogen, um hier das politische Rätsel zu lösen, welches ihn seit 1521 beschäftigte. Da sich das ritterliche Mönch= tum des deutschen Ordens ebensowenig wie jedes andere Mönch= tum mit den Grundgedanken des Evangeliums vertrug, so mußte der Orden eben abgeschafft werden, und da diese geistliche Ritter= schaft im Lande Preußen bis dahin noch souverän regierte, so ließ sich das ohne Mühe vollziehen, wenn sich die Ritter, der Land= adel und die Städte dazu mit dem Hochmeister einverstanden er= klärten. Das geschah zu Krakau, wohin sich Bevollmächtigte aller drei Stände aus Königsberg begeben hatten. Nachdem der Hoch= meister am 2. April 1525 hier feierlich eingeritten war, kam am 9. April (dem letzten Tage vor Ablauf des vierjährigen Waffen= stillstandes) der definitive Friede zwischen der Krone Polen und dem deutschen Orden dahin zu stande, daß der deutsche Orden im Lande Preußen aufgehoben sei, und der bisherige Hochmeister dieses bisherige Ordensland als erbliches Herzogtum erhalte, auch jährlich 4000 rheinische Goldgulden Jahrgeld vom Könige von Polen beziehe, aber als Vasall ihm unterworfen sei. Am Tage darauf schwur Markgraf Albrecht als „Herzog in Preußen" dem Könige Sigismund den Huldigungseid; der König übergab ihm feierlich das herzoglich preußische Panier: während bis dahin das schwarze Kreuz auf weißem Grunde das Wappen des Ordens im Preußen= lande geziert hatte, erhob sich jetzt — in denselben Farben — ein schwarzer Adler auf weißem Damast; nur daß der Adler jetzt ein S., den Namenszug des ersten polnischen Lehnsherrn, auf seiner Brust tragen mußte. Da Polen bei diesem Friedensschluß nur die politische Oberhoheit über das wichtige Ostseeland erstrebte, so war über die Religion während dieser Verhandlungen kein Wort gefallen, obgleich der eifrig katholische König wußte, daß es um die katholische Religion im Herzogtum bereits geschehen sei; im Interesse des Friedens habe er sich darein finden müssen, ließ er der Kurie berichten. Das preußische Land aber war in eine neue Periode der Geschichte eingetreten: aus dem geistlichen Lande, welches bisher von fremden Rittern ausgebeutet worden, war ein erbliches Staatswesen geworden, in welchem der Herzog als erb= licher Fürst zu seinen Unterthanen als zu seinem Volke in ein sittliches Verhältnis treten konnte; „Treue" konnte „um Treue" geübt werden: die Schicksale des Fürsten und seiner Dynastie waren von jetzt an mit denen des Volkes unzertrennlich verbunden. Noch nicht anderthalb Jahre waren seit jener denkwürdigen Unter= haltung Albrechts mit Luther vergangen, und die „thörichte und verkehrte Ordensregel" war fahren gelassen", und das Land in eine weltliche Herrschaft verwandelt. Wohl ist die Säcularisation Preußens lediglich ein politischer Vorgang gewesen, bei welchem, wie wir erfuhren, von Religion keine Rede war; aber daß der geistige Urheber des preußischen Staatswesens Martin Luther ge= wesen, wer könnte daran zweifeln! Die Schöpfung Preußens war eine „protestantische That", und am 6. Juli 1525, nachdem Albrecht als Herzog feierlich in Königsberg eingezogen und die Huldigung der Stände empfangen hatte, bekannte er sich selbst durch ein amtliches Mandat öffentlich zur Reformation, nachdem er bis dahin seine eigentliche Meinung hatte geheim halten müssen. Wir wollen hierbei noch einen Augenblick verweilen, weil die

Gegner der Reformation aus seinem damaligen Verhalten den Vorwurf der Doppelzüngigkeit gegen ihn erheben können. Von 1522 bis 1525 befand er sich in Deutschland in seiner Eigenschaft als Hochmeister des deutschen Ordens und stand als solcher direkt unter dem Papste, dessen Legat in Deutschland weilte und hier den Hochmeister unter Augen hatte; die katholischen Fürsten aber, Kaiser Karl V. voran, hatten ein lebhaftes Interesse an der Aufrechterhaltung aller katholischen Institutionen, also auch an der des deutschen Ordens; zwei Brüder Albrechts ferner waren Vertrauenspersonen des Kaisers, Markgraf Kasimir, welcher nicht lange darauf als Oberfeldherr gegen die Türken starb, und Markgraf Johann, der als Vicekonig von Valencia in Spanien ein noch heute rätselhaftes Ende nahm: beide blieben Katholiken; zwei andere Brüder finden wir unter dem hohen katholischen Klerus, Friedrich Dompropst zu Würzburg und Johann Albrecht, damals in Rom, später Erzbischof von Magdeburg und Bischof von Halberstadt; unter den nächsten Verwandten des Hochmeisters endlich seien nur der Mainzer Erzbischof und der brandenburgische Kurfürst genannt, und bei diesem war der an chronischer Geldverlegenheit leidende Hochmeister noch dazu arg verschuldet. Hätte sich Albrecht vor ihnen in Sachen der Religion Blößen gegeben, so wäre er zweifellos seines Amtes enthoben, und die Geschichte Preußens vermutlich in alten Geleisen weiter geleitet worden. Das wußte niemand besser als der Hochmeister selbst. Darum suchte er nach außen hin in jeder Richtung korrekt zu handeln und nirgends Anstoß zu erregen. Aber schon am 2. Januar 1524 wußte der Erzfeind Luthers, der Herzog Georg von Sachsen, um Albrechts Besuch bei Luther und um die Berufung des Dr. Speratus nach Preußen und hatte nichts Eiligeres zu thun als den ältesten Bruder des Hochmeisters, den Markgrafen Kasimir eindringlich zu ersuchen, dem drohenden Abfall Albrechts vorzubeugen.[17]) Eine reformatorische Predigt des Bischofs Polentz, welche derselbe am Weihnachtstage 1523 in der Kathedrale zu Königsberg gehalten, und die nachgeschrieben und durch den Druck verbreitet worden war, hatte schnell ihren Weg nach Rom gefunden. Da erhob sich in den Kreisen der Kurie der Argwohn nicht blos gegen den samländischen Bischof, sondern auch gegen den Hochmeister. Es gehe in Rom das Gerücht, schrieb ihm sein Bruder Johann Albrecht am 12. September 1524 von dort, es solle der Hochmeister „ehrbar lutherisch sein" und ein Weib nehmen wollen; falls dieses Gerücht begründet sei, so bitte Johann Albrecht ihn, nicht solche Schande auf ihr Haus zu laden.¹⁵) Wäre es für den Hochmeister nur nötig gewesen, seine lutherische Gesinnung zu verheimlichen, so hätte er einfach nur zu schweigen brauchen; aber in die peinlichste Lage kam er, sobald er durch eifrig katholische Verwandte zu Aeußerungen über seine religiöse Stellung gedrängt wurde; da blieb ihm nichts anderes übrig als ausweichend zu antworten, ohne vor sich selbst unwahr zu werden. So schrieb er jenem Bruder auf die römischen Nachreden hin, er wolle sich diesem allen gegenüber als ein christlicher, gottliebender Fürst verhalten, und auf einen andern ähnlichen Brief desselben antwortete er, er (Albrecht) betrage sich, „wie es einem ehrliebenden, frommen, christlichen Fürsten zustehe;" was aber die Predigten des Bischofs Polentz betreffe, über welche derselbe Markgraf aus Rom geklagt hatte, so werde sich der Bischof selbst zu verantworten wissen. Während dieses moralischen Balancierens schreckte er, von Campeggio in die Enge getrieben, selbst vor diplomatischen Täuschungen nicht zurück. Als nämlich dieser schlaue päpstliche Legat, auf dessen Hülfe Albrecht bei dem damals noch bevorstehenden Ausgleich mit Polen angewiesen war, und der alle seine Schritte mit Argusaugen bewachte, mit „hitzigem Gemüte" ihn drängte, selbst schriftlich einen Schritt gegen den bei der Kurie übel angeschriebenen Bischof Polentz zu thun, äußerte er in einem ihm auf diese Weise abgepreßten Briefe an Polentz vom 8. November 1524 aus Wien sein Befremden, daß der Bischof, wie ihm berichtet sei, unchristliche Gebräuche wider die Kirche vornehme; er möge solche abstellen und dahin zu wirken suchen, daß „päpstlicher Heiligkeit nichts zuwider gethan werde." Um aber den Adressaten über den Wert dieses offiziellen Schriftstückes nicht im unklaren zu lassen, teilte er ihm in einem gleichzeitigen, von uns schon oben erwähnten Privatbriefe von demselben Datum mit, daß er den ersten Brief „nur zum Schein, von wegen des Legaten und seines heftigen Gemütes habe stellen" müssen; Polentz wolle eine Antwort an den Legaten dem offiziellen

Schreiben gemäß gestalten, im übrigen aber des steten Schutzes Albrechts gewiß sein.[19]) Als dann der Legat durch ein päpstliches Breve vom 1. Dezember 1524 angewiesen worden war, den Bischof als Rebellen und Meineidigen vor sich zu fordern, oder aber, falls derselbe Widerstand leiste, ihn abzusetzen, mutete er am 15. Januar 1525 dem Hochmeister zu, Polentz fallen zu lassen: er möge ihn zur Umkehr bewegen, oder aber, falls derselbe auf seinem Standpunkt verharre, selbst dessen Absetzung wünschen. Albrecht befand sich damals in Pest, wo er bei dem Könige Ludwig von Ungarn, bei welchem sich auch Campeggio aufhielt, die letzten Anstrengungen machte, politische Hilfe gegen Polen zu erlangen; hier antwortete er dem Legaten am 24. Januar, daß er selbst für die in Preußen in den letzten drei Jahren vorgekommenen Ereignisse nicht verantwortlich gemacht werden könne; über Unordnungen, die daselbst vorgekommen, bezeuge er sein Mißfallen; er bitte aber, daß der Papst ihn nicht eher dafür verantwortlich mache, als bis er selbst heimgekehrt sei. Dann werde er als christlicher Fürst so regieren, daß der Papst ihm nicht mit Grund (non „merito") werde zürnen können.[20]) Was er unter „christlich" verstand, hat er dabei freilich dem Legaten nicht verraten. Wir haben keinen Grund, den Hochmeister von der Schuld der Täuschung freizusprechen; aber wenn wir uns seine schwierige Lage und die Macht Campeggio's vergegenwärtigen, werden wir ihn mild beurteilen. Auch mochte man es für kein Verbrechen halten, einen Diplomaten der Kurie zu überlisten, die doch selbst politische Ränke zu schmieden meisterhaft verstand, zumal sie seit der Begründung des modernen Kirchenstaates durch Julius II. mitten in der europäischen Politik arbeitete.

Aus der Rücksicht, welche Albrecht auf Papst und Kaiser damals noch nehmen mußte, erklären sich auch verschiedene Anordnungen kirchlich-konservativer Art, welche er in jener Uebergangszeit für das Ordensland getroffen hat. Dahin gehören briefliche Aeußerungen von Polentz, wie die vom 22. April 1524, wo sich der Hochmeister noch gegen die Ablegung der Ordenskleidung von Seiten der Ordensmitglieder erklärt; denn auf den Orden habe er selbst sich ja eben im deutschen Reiche berufen, um Hilfe gegen Polen zu erlangen; nur das Tragen der weißen

Mäntel solle wegen des Spottes des gemeinen Volkes, das darin längst nicht mehr ein Symbol der Unschuld der Ordensherren sah, erlassen sein; aber die Kreuze sollten in allewege weiter getragen werden, damit die Mitglieder des Ordens von andern Personen unterschieden werden könnten und aus vielen andern erheblichen Ursachen. Am 15. Mai desselben Jahres ferner gab er Polentz die Anweisung, Mönchen, welche aus dem Kloster austreten, kein Geld oder sonstige Abfertigung mitzugeben, damit man ihm selbst nicht nachsage, daß er sie zum Austritt verlocke; denen, welche nicht mehr bleiben wollten, solle der Abzug frei stehen; denen aber, welche länger bleiben, wolle er selbst kein Maaß setzen. Ja sogar für vorläufige Beibehaltung der täglichen Messe auf dem Schlosse zu Königsberg erklärte er sich zwei Tage später; Polentz solle die Personen, soviele ihrer dazu vonnöten seien, unterhalten; auch die Nonnen des Königsberger Marienklosters empfahl er seiner Fürsorge, sie vor Schmach und Unehre zu schützen. — Unter demselben Gesichtspunkte mag man auch das Verhalten des Hochmeisters gegen seinen Vetter, den Erzbischof Albrecht von Mainz, beurteilen; auf dessen Wunsch vertrat er ihn im Jahre 1523 ein Vierteljahr im Reichsregiment zu Nürnberg, und im folgenden Jahre arbeitete er darauf hin, von dem Erzbischofe für sich selbst oder für einen seiner Verwandten das Recht der Amtsnachfolge, die Coadjutur, in dem berühmten Erzstift zu erhalten. Eine Verleugnung evangelischer Gesinnung wird man in diesen Bemühungen Albrechts ebensowenig zu sehen haben wie sechs Jahre später in dem wohl gelungenen Versuche, seinem Bruder Wilhelm die Coadjutur im Erzbistum Riga zu verschaffen; denn Markgraf Wilhelm hat später durch Vermittelung gerade dieses seines Bruders das Erzbistum Riga evangelisch gemacht: würde der Hochmeister, wenn er „den Stuhl des heiligen Bonifacius" bestiegen hätte, anders gehandelt haben? Was aber würde aus Mainz geworden sein, wenn an jenem Wendepunkte der Zeit ein evangelischer Hohenzoller seine Geschicke geleitet hätte? Doch ein solcher Ausblick schweift über den festen Boden der Geschichte hinaus; verweilen wir daher bei den geschichtlichen Thatsachen und folgen wir dem ehemaligen Hochmeister nunmehr an die Stätte seines selbstständigen geschichtlichen Wirkens, wohin wir ihn von Krakau im Jahre 1525 bereits haben abreiten sehen; er, der evangelisch gewordene Fürst, hatte jetzt ein eigenes Land, und nunmehr können wir untersuchen, was er für die Reformation daselbst gethan hat.

II.

Vergegenwärtigen wir uns zunächst die kirchlichen Verhältnisse, welche Albrecht nach dreijähriger Abwesenheit im Frühjahr 1525 in Preußen und speziell in Königsberg vorfand. Noch standen an der Spitze der kirchlichen Verwaltung des Landes dieselben Männer, welche nach den Ordnungen des römischen Kirchenrechts ihr Amt angetreten hatten, Georg von Polentz, seit 1519 Bischof von Samland mit seinem Sitz in Fischhausen, während sich Kathedrale und Domkapitel in Königsberg befanden, und Erhard von Queiß, „postulierter" Bischof von Pomesanien mit Sitz in Riesenburg, dessen Kathedrale und Domkapitel in Marienwerder waren. Indeß wie der Hochmeister so waren auch sie in ihrer religiösen Denkweise umgestimmt, hatten evangelischer Predigt und evangelischen Kirchengebräuchen freie Bahn gemacht und die öffentliche Meinung in Preußen sich im Geiste der Neuzeit entwickeln lassen. Polentz, der studierte Jurist, der tapfere Ordensmann und bewährte Verwaltungsbeamte, er, der die römische Kurie aus eigener Anschauung kannte und von jetzt an vornehm ignorierte, hatte sich, noch als 45jähriger Mann von Brießmann in die hebräische und griechische Sprache wie in die Gedanken der Reformation einführen lassen und Weihnacht 1523 jene erste reformatorische Predigt gehalten, welche alsbald in Nachdrucken verbreitet ihren Weg bis nach Rom finden und die Kurie in Aufregung versetzen sollte. Am 28. Januar 1524 war darauf ein lateinisches Reformationsmandat von ihm an seinen Klerus erschienen, worin er für den Vollzug der Taufe den Gebrauch der deutschen Sprache amtlich anordnete und die Lektüre von Luthers Schriften den Geistlichen empfahl; am 12. März erklärte er dazu amtlich, daß „der Bann nicht mehr gilt." Da ferner für Brießmann, als dieser 1523 in Königsberg ankam, keine Pfründe vakant war, besoldete er ihn aus eigener Tasche; den Amandus mußte er zwar wegen Unbotmäßigkeit entfernen; desto freundlicher ließ er neben Brießmann den Dr. Speratus walten; ja, selbst in die kleineren Städte des Landes schickte der Bischof seit Pfingsten 1524 evangelische Prediger, welche neben den im Amte stehenden Pfarrern das Evangelium verkündigen sollten, weil er sich, wie er den Bartensteinern schrieb, verpflichtet erachtete, die Leute „zu Christo, nicht zum Teufel zu führen." Gleichzeitig aber lieferte unter seinem Schutze die eben eingerichtete Buchdruckerei Königsbergs, die von Johann Weinreich, die notwendigste evangelische Literatur, publicistischen und erbaulichen Lesestoffs, der durchschlagend wirkte.

Zu Unruhen war es bei diesen Vorgängen nur einmal gekommen; wo aber die Sicherheit der evangelischen Prediger bedroht war, schützte Polentz als „Regent" des Ordens sie mit kräftiger Hand. Der andere preußische Bischof, Erhard von Queiß, seinem ursprünglichen Berufe nach ebenfalls Jurist, war damals vom Hochmeister in diplomatischen Angelegenheiten stark beschäftigt und fand erst Ende 1524 Gelegenheit, sich selbst zum Evangelium zu bekennen und in seinen „Themata" für sein Bistum ein radicalevangelisches Reformationsprogramm zu entwickeln, welches den Kanzel-Bekenntnissen eines Polentz an religiösem Sinne nicht nachsteht, aber an praktischer Abzweckung sie noch übertrifft. — Brießmann hatte inzwischen nicht blos als Prediger „von großer Lindigkeit und möglichem Ernst", wie ein gleichzeitiger Chronist berichtet, in der Königsberger Kathedrale das Evangelium verkündigt,[21]) sondern auch durch wissenschaftliche Thesen und Vorlesungen im Sinne Luthers auf die dortige Geistlichkeit zu wirken gesucht, und in Uebereinstimmung mit ihm hatte der Hofprediger Speratus nach Amandus' Abgang aushülfsweise von der altstädtischen Kanzel das Wort von der freien Gnade Gottes in Christus verkündigt. Auch für das Erbauungsbedürfnis des lesenden gebildeten Publikums war durch sie gesorgt, indem sie bei Weinreich Predigten und Traktate drucken ließen. Aus der Königsberger Bevölkerung ließ das Echo auf ihre Weckrufe nicht lange auf sich warten; schon in der Fastenzeit des Jahres 1524 entfernte man aus den beiden Hauptkirchen, dem Dom und der altstädtischen Pfarrkirche, die Bilder der Heiligen und ihre Altäre, feierte von da an die „Messe" täglich nur einmal und zwar „nach der Einsetzung Christi", und die Gilden nahmen das kostbare Kirchengerät in Verwahrung. Gegen das Franziskanerkloster im Stadtteil Löbenicht ging der durch Amandus erregte Pöbel sogar angriffsweise vor; es kam in den Ostertagen zu einem förmlichen Klostersturm; die Mönche zogen ab. Niemand wird dieses Vorgehen billigen, und Amandus selbst, der noch anderes sich hatte zu schulden kommen lassen, mußte gegen Herbst dieses Jahres das Land verlassen; aber man erkennt doch aus allen diesen Vorgängen das Vorhandensein einer schnell aufgekommenen und ihrer selbst bewußten evangelischen Partei, welche vom bischöflichen Stuhle bis hinab in die niedersten Schichten der Bevölkerung reichte. „Die von Königsberg waren alle lutherisch, an die dreitausend Personen, wie ihre Register lauten," muß selbst ein verbissener Feind der Reformation berichten, und „Königsberg war zu der Zeit die Zufluchtsstätte aller Bösen; denn alle Buben, die zu Wittenberg und anderswo nicht sein durften, die kamen gen Königsberg und halfen den Glauben Luthers stärken." So der bitterböse Chronist[22]) Deutlicher aber spiegelt sich die Wirkung der evangelischen Predigt in Königsberg in dem Umstande, daß schon in demselben Jahre 1524 sowohl in der Altstadt wie in dem Stadtteil Kneiphof evangelische „Ordnungen eines gemeinen Kastens" von der Bürgerschaft beschlossen wurden. Der Kneiphöfsche Rat stellte den evangelischen Grund dieser Ordnung deutlich ans Licht. „Nachdem wir," schrieb er am 17. December 1524 an den Hochmeister, „durch die Gnade Gottes und aus der heiligen Schrift, die uns täglich vorgelegt und an den Tag gebracht wird, nicht allein einen lebendigen Glauben, sondern auch ein gründliches Wissen empfangen haben, daß all' unser Vermögen allein zur Ehre Gottes und zur Liebe des Nächsten dienen soll, sind wir verursacht worden, eine Ordnung vorzunehmen, wie unserm Nächsten mit Hülfe, Steuer und Darlegung zu Errettung seines Kummers geholfen werden möchte", und die ganze Gemeinde Kneiphof hatte diese Ordnung „nach Vorlesung" derselben gebilligt und zu halten beschlossen. Die Ordnung selbst kennen wir nicht; aber aus diesem Begleitschreiben, mit welchem der Rat sie dem Hochmeister zur Genehmigung unterbreitete, läßt sich doch ihr evangelisch-religiöser Grund und ihr evangelisch-sittliches Ziel genau erkennen. Charakteristisch für die

Stimmung der Gemeinde, in welcher die Königsberger Kathedrale stand, ist die von dem Rate in diesem Schreiben noch ausgesprochene Bitte, der Hochmeister wolle ihm, um diese Ordnung durchzuführen, die Einkünfte der dortigen Domherren überlassen, da diese „nach dem Worte Gottes in ihrem äußerlichen Schein, Pracht und Wesen nichts fortan gelten noch geachtet werden, sondern allein den Schweiß der Armen durch Testamente, Begräbnisse, Vigilien, Seelenmessen, Stiftungen und dergleichen an sich gebracht und genossen . . . zur Füllung ihres Abgottes, des Bauches".²³) Die altstädtische „Ordnung eines gemeinen Kastens" umfaßte in dem uns erhaltenen Entwurfe neben der Armenunterstützung noch die Besoldung der Geistlichen und anderen Kirchendiener, für welche jetzt, nach Wegfall des Dezems und der bezahlten Messen, schnell anderweitig gesorgt werden mußte.²⁴) Beide Ordnungen sind hochwichtige Zeugnisse von der Veränderung, welche wie im Sturme im alten Ordenslande vor sich gegangen war, und mit vollem Rechte faßte Luther im folgenden Jahre seine Eindrücke von den dortigen Vorgängen in den Ausruf zusammen: „Sieh das Wunder! In schnellem Lauf, mit vollen Segeln eilt das Evangelium nach Preußen, während es in Ober- und Niederdeutschland mit aller Wut geschmäht und zurückgewiesen wird."
Diese Bewegung hatte sich in Preußen vollzogen, als Albrecht außer Landes weilte; aber möglich war sie doch nur geworden, indem er selbst die Träger dieser Bewegung ausgewählt und ins Land geschickt hatte; in der Ferne war er so schon zwei Jahre lang der gute Geist der Reformation seines Landes gewesen; was anders durfte man jetzt, wo er von jeder Rücksicht auf Papst und Kaiser sich entbunden wußte, von ihm erwarten, als daß er sie thatkräftig fortführen und sie zu dem rechtsgültigen Zustande, innerhalb der preußischen Landesgrenzen machen würde! Nachdem nämlich zuerst auf staatlichem Gebiete das Notwendigste vorgenommen worden war, indem der neue Herzog zu Königsberg gegen Ende des Monats Mai 1525 die Huldigung der preußischen Prälaten, der in Preußen ansässigen bisherigen Ordensritter und der Stände entgegengenommen hatte, mußten möglichst bald im Gottesdienste und im kirchlichen Leben überhaupt diejenigen Neuordnungen amtlich und für das ganze Land eingeführt werden

welche auf Grund der evangelischen Gesinnung Albrechts, der
Bischöfe und der lutherischen Prediger Königsbergs schlechterdings
notwendig waren. Eine evangelische Gottesdienstordnung brauchte
man zu allernächst. Dazu kam als weitere unaufschiebbare Arbeit
die Neuordnung der Pfarrsysteme des jetzigen Herzogtums, wovon
geradezu das ökonomische Sein oder Nichtsein der Kirche im Lande
abhängen mußte. Eine neue Verfassung der Kirche brauchte man
nicht; denn da beide Bischöfe selbst die Reformation ihrer Sprengel
in die Hand genommen hatten, und da sie beide, Polentz 1525
und Queiß 1527, auf jede weltliche Herrschaft in ihren Bistümern
zu Gunsten des Landesherrn Verzicht leisteten, also auf die rein
geistlichen Amts=Funktionen der Ordination, der Visitation und
der Ausübung der Ehegerichtsbarkeit sich beschränkten: so wurde
ohne alle Beschwerde die bischöfliche Verfassung beibehalten. Dem
preußischen Lande und der Kirche in seinen Grenzen erwuchs da=
raus ein unschätzbarer Gewinn; denn man brauchte nicht nach
neuen Rechtsformen zu tasten und konnte so die Gemeinden ohne
einen für sie merkbaren Bruch mit der Vergangenheit in refor=
matorische Verhältnisse hinüberleiten. Für jeden der beiden Bischöfe
wurde ein standesgemäßes Auskommen vereinbart: Polentz erhielt
das Amt Balga am frischen Haff, wo er noch 1525 seinen Sitz
aufschlug, und Taplacken bei Insterburg, Queiß das Amt Marien=
werder mit Schönburg, das später statt Taplacken an Polentz fiel.
Das Kirchenverfassungs=Ideal, welches von Melanchthon in Deutsch=
land vergeblich erstrebt wurde, die Beibehaltung der bischöflichen
Verfassung unter der Voraussetzung, daß die Bischöfe das Evan=
gelium zuließen, war hier verwirklicht und bewährte sich vor=
trefflich. Charakteristisch für die preußischen Vorgänge und be=
zeichnend für den praktischen Blick des Herzogs, der Bischöfe und
der lutherischen Prediger Preußens ist ferner der Umstand, daß
man die Herstellung einer evangelischen Landeskirche nicht mit
der Aufstellung einer Lehrformel begann. Man war sich gewiß,
daß man die Kirche habe und alle Mittel der Gnade und des
geistlichen Lebens in ihr; nur von dem Schutt der Menschen=
satzungen, die darauf gekommen, wollte man sie befreien, und dazu
hatte man als Norm das Evangelium, das von Luther übersetzte
Neue Testament und zwar in dem Sinne, wie Luther es verstand.

Kein Mensch dachte in Königsberg daran, eine neue Lehre aufstellen zu wollen; aber die Herstellung einer festen Ordnung des kirchlichen Gottesdienstes und sonstiger kirchlicher Handlungen vom Standpunkt des Evangeliums aus war nicht mehr zu umgehen. Welchen hohen Wert man dieser Sache beilegte, ersieht man aus der Art, wie sie behandelt werden sollte; nicht etwa eine Angelegenheit nur der Geistlichen sollte das sein, vielmehr eine Sache des ganzen Landes: auf dem nächsten Landtage, der für den Bartholomäustag (24. August) 1525 in Aussicht genommen war, sollte dies hochwichtige Werk vollbracht werden; und dabei setzt nun Albrechts direktes Mitwirken in Kirchensachen ein.

Da es sich um eine grundlegende Arbeit handelte, die mit einer Tradition von dreihundert Jahren brechen und Verhältnisse für unabsehbare Zeiten schaffen sollte, so beschloß der Herzog, keinen geringeren als Martin Luther selbst zur Teilnahme an den Königsberger Verhandlungen einzuladen. Er that dies in einem „innig christlichen Briefe" und versprach ihm, zu seinem Geleit und Schutz soviel Reiter entgegen zu senden, wie er haben wolle. So würde sich denn der kühne Berater des ehemaligen Hochmeisters mit eigenen Augen haben überzeugen können, wie überraschend sein prophetisches Wort schon nach zwei Jahren erfüllt war. Indeß Luther konnte im Sommer 1525 nicht große Reisen machen und mußte sich begnügen, dem Herzoge seine Ansichten über eine in Preußen einzuführende Gottesdienstordnung brieflich zu übermitteln. Wir aber mögen bedauern, daß von beiden Schreiben nichts weiter als diese Kunde auf uns gekommen ist. Ehe jedoch noch Luthers Antwort eintraf, und ehe die Verhandlungen des Landtages beginnen konnten, hielt es der Herzog für nötig, in einem Mandate vom „sechsten Tage des Heumonats (6. Juli) 1525" für Gottesdienst und christliches Leben innerhalb des Herzogtums die allernotwendigsten Vorschriften selbst zu erlassen.

„Zu Lob und Ehre Gottes des Herrn und aller seiner auserwählten Heiligen, um allgemeinen christlichen Glaubens willen", dekretierte Herzog Albrecht hier: 1. die Pfarrer sollen das Evangelium lauter und rein predigen; Winkelprediger dagegen, als die dem Worte Gottes zuwider, ungehorsam und aufrührerisch sind, dürfen im Herzogtum nicht geduldet werden; die Gemeinden aber sollen ihre Geistlichen wie bisher unterhalten. Untersagt werden dagegen 2. völlerisches „Zutrinken" (das Nationallaster der Preußen, der Trunk) und Gotteslästerung, 3. ungeziemendes Schwören und das Fluchen, 4. unordentliches Leben außer der Ehe und 5. religiöse Gespräche ohne Zucht an unpassenden Orten. Die herzoglichen Amtleute sollten auf Winkelprediger, Meutemacher und andere unchristliche Lehrer, sonderlich auf solche, welche das Bockheiligen (einen heidnischen altpreußischen Opferbrauch, bei dem unter Anrufung der heidnischen Götter ein Bock geschlachtet und verzehrt wurde) oder welche Wahrsagerei trieben, ein ernstliches Aufsehen haben und nötigenfalls, wenn Leute von solchen verbotenen Uebungen nicht abzubringen wären, mit Strafen gegen sie vorgehen. Den Geistlichen aber befahl der Herzog, dieses Mandat wiederholt von den Kanzeln zu verlesen.

So hatte denn Albrecht in landesväterlicher Fürsorge selbst die Richtung angegeben, in welcher sich die Geistlichkeit Preußens fortan bewegen sollte. Alles Weitere ließ sich auf dem nächsten Landtage vereinbaren. Leider verhinderten auswärtig-politische Verhältnisse und soziale Unruhen unter den preußischen Bauern den Zusammentritt desselben am Bartholomäustage; erst zu Nicolai (6. Dezember) 1525 konnte ihn Albrecht in der Hauptstadt des Landes versammeln, um auf ihm diejenigen Ordnungen zu treffen, durch welche das evangelische Wesen dem Staate auf die Dauer eingeprägt werden sollte.

Zunächst mußte hier der ökonomische Bestand und die Fortdauer der Kirche als Institution rechtlich sicher gestellt werden; denn wenn die Kirche voll und ganz wirken sollte, so mußte sie selbst zuerst als Korporation vorhanden sein, mußte ihr genügendes Auskommen haben und gegen Hindernisse möglichst geschützt werden. Das konnte nur innerhalb des staatlichen Rechtes, durch den Herzog und die Landstände geschehen. Die Maßnahmen, welche zu diesem Zwecke getroffen wurden, verschafften dem Kirchenwesen innerhalb der Landesgrenzen eine rechtlich gesicherte Existenz. Das sind also Anordnungen, welche man nicht hoch genug schätzen kann, weil nur auf diesem Wege die religiöse Bewegung jener Jahre sich zu einem Kirchenwesen verdichten und so vor Verflüchtigung bewahrt werden konnte, und weil erst dann, wenn die Kirche vorhanden war, die Evangelisation des bis dahin formell katholischen, thatsächlich aber halbheidnischen Landes erfolgreich betrieben werden konnte. Diese Maßnahmen wurden in der ersten preußischen „Landesordnung" getroffen, welche damals beratschlagt wurde. Von ihren achtzig zur Verhandlung gekommenen Artikeln sind wahrscheinlich nur die dreizehn, welche gedruckt vorliegen, angenommen und dadurch zum Staatsgesetz erhoben worden. Aus ihrer Zahl beschäftigen uns hier die auf die Kirche bezüglichen, und sie zeigen, mit welcher Sorgfalt der Herzog und die Stände sich die Gründung und Sicherstellung der Landeskirche angelegen sein ließen; das Notwendigste für die Kirche als organisierte Gemeinschaft, die Anstellung und Unterhaltung der Pfarrer, wurde voraus bestimmt; dann folgten Festsetzungen über die zu beobachtenden Festtage und über die Verwendung bisheriger kirchlicher Einkünfte. Ist eine Pfarrstelle zu besetzen, so soll sich nach Artikel 1 der Lehnsherr nach einem tüchtigen, geschickten, im Worte Gottes erfahrenen Manne umsehen und, wenn er einen solchen gefunden, ihn den Pfarrkindern anzeigen; nehmen beide Teile ihn an, so wird er den Bischöfen von Samland und von Riesenburg zugeschickt, damit diese ihn prüfen und eventuell senden oder ordinieren); in streitigen Fällen entscheidet dabei der Bischof. Ueber den Unterhalt der Pfarrer ordnet Artikel 2 an, daß die Parochien neu eingeteilt werden sollen. Auf dem Lande sollen dann jedem Pfarrer vier Hufen d. i. 266 $\frac{2}{3}$ Morgen Land und funfzig Mark bares Geld jährlich „von den vermögenden Orten" überreicht werden. (Das Pfarrland sollte also eine Größe haben wie das erste Bauerngut des Dorfes, und die funfzig „Mark" waren bei dem damaligen Geldwerte keine unbeträchtliche Summe, zumal wenn man bedenkt, daß der altstädtische Pfarrer in Königsberg, der erste in der Stadt, bis 1526 nur 100 Mark Gehalt, aber keine Erträge eines Pfarrlandes bezog; erst von Weihnacht 1526 an erhielt er jährlich 200 Mark.) Für die unvermögenden Orte folgte eine genaue Angabe von Kirchensteuern, durch welche man den Unterhalt der Pfarrer aufbringen sollte. Kirchliche Handlungen wie Beichte, Läuten, Taufe u. s. w. sollten nunmehr frei sein. Den Städten aber, mit denen allen der Herzog keine

Ordnung zustande gebracht hatte, blieb überlassen, sich mit jedem anzustellenden Prediger über die Besoldung zu vereinigen. „Kirchgang" wurde drittens befohlen auf „Sonntag, Christtag, Neujahrstag, Ostern, Pfingsten, Mariä Lichtmeß, (Mariä) Verkündigung und andere Tage." (Die beiden Marientage deshalb, weil man sie, wie aus dem Königsberger Gesangbuche von 1527 ersichtlich ist, als Christfeste auffaßte, als Verkündigung der Geburt Jesu und als Darstellung Jesu im Tempel.) Die Einnahmen der bestehenden frommen Stiftungen endlich, „die Zinsen der geistlichen Lehen, Gilden und Brüderschaften", sollten, so bestimmte ein fünfter Artikel, für die Armen in den „Kasten" gelegt werden.[25])

War durch diese Artikel die Kirche zunächst in ihrem äußeren Bestande rechtlich sicher gestellt, so hatte Artikel 4 dieser Ordnung weiter das Erscheinen einer Gottesdienstordnung von Seiten der beiden Bischöfe in Aussicht genommen und ihre Befolgung geboten. Noch auf demselben Landtage legten die Bischöfe sie vor: am 10. Dezember 1525 wurde sie einhellig beschlossen und so ein einheitlicher evangelischer Gottesdienst für alle Kirchen des Landes hergestellt; im März 1526 ging sie im Druck aus.[26]) Sie führt den Titel „Artikel der Ceremonien und anderer Kirchenordnung." Indem die Bischöfe es für ihre Pflicht halten, darauf zu sehen, daß „Gottes Wort rechtschaffen und zur Besserung gepredigt" wird, erlassen sie, wie sie sagen, diese Ordnung, nicht um „die christliche Freiheit zu beschränken" oder „dem Gewissen Stricke zu legen", sondern blos um einerlei Weise der kirchlichen Feiern so viel als möglich herbeizuführen, und zwar wird, um nur die wichtigsten Bestimmungen anzudeuten, die zusammenhängende Lesung der ganzen Bibel angeordnet, ferner der Gebrauch der deutschen Sprache in Schriftlesung, Gebeten und Sakramentsverwaltung, die Feier des Abendmahles mit Brot und Wein, Uebung von Kirchenzucht unter aktiver Teilnahme der Gemeinde u. s. w. Angehängt wurde eine Sammlung liturgischer Formulare, in welcher der lutherisch-dogmatische Charakter der ganzen Ordnung noch ausdrücklich erkennbar wird. Geschaffen war dies Werk nicht von den beiden juristisch gebildeten Bischöfen; es ist vielmehr in Anlehnung an Luthers Schrift „Formula missae" von den

Königsberger Predigern (Brießmann, Speratus und dem inzwischen auch noch eingetroffenen Poliander) angefertigt; aber Polentz und Queiß, die das nicht verheimlichten, haben die amtliche Verantwortung für die Ordnung übernommen und sie als die ihrige ausgehen lassen. Der ihr aber Geltung verlieh, war der Landesherr, welcher selbst diese Angelegenheit mit inniger Teilnahme wie seine eigene förderte und schützte. Es war damals gerade eine kritische Zeit für ihn gekommen; sein Oberlehnsherr, der eifrig katholische König Sigismund I. von Polen, hatte sich eben aufgemacht, um in Danzig eine bürgerliche Revolution, zugleich damit aber auch die Predigt des Evangeliums blutig zu unterdrücken; mit seinem Gefolge, in welchem sich auch polnische Prälaten befanden, lagerte er damals eben zu Marienburg. Trotzdem publizierte der Herzog die jüngst gedruckte Gottesdienstordnung. „Denn wie wohl Königliche Majestät zu Polen", schrieb er an seinen Vertrauten Vogler in Ansbach, „hinnen im Land zu Marienburg liegen, seine Pfaffen auch gern das Wort dämpfen wollten, haben wir |uns| doch solches nicht schämen wollen und in dem Namen Gottes die Ordnung ausgehen lassen. Wem sie gefallen will, lassen wir's gut sein; wem nicht, liegt auch nichts daran."[27])

Mit der Publikation dieser Gottesdienstordnung im März 1526 war innerhalb der bisher bestandenen beiden Bistümer Samland und Pomesanien der äußere Aufbau der preußischen Landeskirche zunächst vollendet. Unter bischöflicher Leitung waren die Pfarrsysteme aufrecht erhalten und die Abhaltung des evangelischen Gottesdienstes gesichert; der Landesherr aber, mit ihr eins im Glauben, gewährte als oberster Patron ihr den Schutz und die Hülfe des Staates, wo es nötig war. Freilich standen beide Ordnungen, die staatliche und die kirchliche, zunächst auf dem Papier; es galt daher, sie in die Wirklichkeit umzusetzen. Sollten aber die Artikel über Erwählung und Unterhaltung der Geistlichen befolgt werden, so war zu allererst als Voraussetzung dafür eine neue Umgrenzung der Parochien nötig. Auch hier griff Albrecht folgerichtig sofort ein.

Durch den polnischen Krieg waren nämlich viele Dörfer verwüstet und nicht wieder aufgebaut worden; die übriggebliebenen hätten nun sollen für die Kirchen und Pfarreien Lasten aufbringen, welche sie nicht tragen konnten; dazu kam, daß an verwüsteten Pfarrorten überhaupt keine Pfarreien mehr bestehen konnten. Diese überaus wichtigen Verhältnisse mußten für die Zukunft in einen dauerhaft normalen Zustand gebracht werden. Damit beauftragte der Herzog in Uebereinstimmung mit den Bischöfen des Landes eine Kommission, welche aus einem weltlichen und einem geistlichen Rate bestehen und im Lande „Umzug" halten sollte. Es war dies die erste und wichtigste Kirchenvisitation, welche in Preußen abgehalten wurde; als Kommissarien aber wurden die beiden Räte Adrian von Waiblingen und Hofprediger Dr. Paul Speratus bestimmt und sowohl vom Herzog als auch von beiden Bischöfen am 31. März 1526 mit Vollmachten versehen. Eine vom Herzoge ihnen übergebene Instruktion von demselben Datum bezeichnete in neun Artikeln alle ihre Aufgaben mit großer Sorgsamkeit. Man ersieht daraus, daß ihnen nicht blos die eben skizzierten Aufgaben rechtlicher Natur gestellt waren, sondern daß sie auch auf die Pfarrer und deren Amtsführung ihr Augenmerk richten sollten. Wegen der Formen des Gottesdienstes hatten sich die Pfarrer aus den ihnen zu verabreichenden Exemplaren der eben gedruckten Kirchenordnung zu orientieren; aber neu war nunmehr der Auftrag an die Visitatoren, die Pfarrer fleißig zu prüfen, „wie sie das Wort Gottes predigen und behandeln." Finden sich dabei Unverständige, so sollen sie erforschen, ob diese geneigt sind, Belehrung anzunehmen. Ist dies der Fall, so sollen sie dieselben, so viel möglich, christlich und freundlich unterrichten. Wo sich aber Pfarrer finden, die dazu unlustig und unwillig sind, so sollen die Visitatoren fleißig nach anderen trachten, damit die Unterthanen des Herzogs nicht verführt werden. — Wir merken uns diesen Auftrag noch besonders deshalb, weil er uns neben anderen uns erhaltenen Nachrichten einen Einblick gewährt in die Art, wie man damals die aus der katholischen Zeit übernommenen Pfarrer in Preußen behandelte. Während die neueste ultramontane Geschichts-Darstellung von der Absetzung derselben erzählt und daraus auf die regierenden Personen in Staat und Kirche einen dunklen Schatten wirft, steht dagegen durch den Wortlaut der ersten Kirchenordnung vom

10. Dezember 1525 fest, daß „man die alten Priester bei ihrem Einkommen ließ"; und selbst an denjenigen früheren Pfarr=Orten, wo man nach der Neueinteilung des Landes in Parochien keines Pfarrers mehr bedurfte (in diesem Sinne erwähnt Albrecht selbst „abgesetzte übrige Pfarrer"), sollten sie ihre Hufen (ihr Pfarrland) behalten, davon sie ihren Unterhalt hätten, und Anderes dazu, laut der Landesordnung vom Jahre 1525. So befahl der Herzog selbst am 24. April 1528.²⁸) Nur verlangte man 1526 von allen angestellten Pfarrern die Geneigtheit, sich evangelisch belehren zu lassen; die meisten von ihnen werden bis dahin Flugschriften oder gar Bücher evangelischen Inhalts nicht in die Hand bekommen haben, da der Buchhandel in Preußen erst 1523 begann, und es auch noch später für preußische Pfarrer recht schwer war, sich Bücher zu beschaffen, wie das ausdrücklich durch Speratus im Jahre 1530 bezeugt wird. Von Pfarrern aber, welche sich damals der evangelischen Belehrung widersetzt hätten, verlautet nichts. Die Kommissare Waiblingen und Speratus hatten sich nämlich am Osterdienstag 1526, am 3. April, an ihr Werk begeben, indem sie „in alle Aemter" hinauszogen, wie ihr Auftrag lautete; wie weit sie thatsächlich gekommen sind, läßt sich freilich nicht feststellen. Im Jahre 1528 kam noch das früher zur Jurisdiktion des ermländischen Bischofs gehörende Gebiet, der sogenannte „Natangische Kreis" südlich von Königsberg, von dem ostpreußischen Brandenburg bis Bartenstein, zum Sprengel des samländischen Bischofs hinzu, wurde von Polentz und Speratus visitiert und parochial neu eingeteilt; dem pomesanischen Bischofe aber wurde der südliche Landstrich Preußens, das Land „Masuren", welches wesentlich von Polen bewohnt war, (von Johannisburg und Rastenburg bis nach Lyck hin) zur Pastorierung unterstellt. Durch die Neuordnung waren auch die früher zur ermländischen Jurisdiktion gehörigen Pfarreien jetzt der preußischen Landeskirche eingegliedert. Die Regelung der Rechtsverhältnisse der Kirchen war dadurch für das ganze Preußen grundlegend vollzogen. Auf die Ordnung des Gottesdienstes war die Sicherung des kirchlichen Amtes gefolgt, auch nach der ökonomischen Seite hin. Denn Dank der Hochherzigkeit des Landesfürsten sahen sich die Pfarrer auf dem Lande an Einkünften den ersten Bauern ihrer Dörfer gleichgestellt.

vielleicht gar besser gestellt als sie, und die Landdotationen Albrechts haben die ostpreußischen Pfarreien bis zur Gegenwart bei gesicherten Einkünften erhalten. Die Seele aller dieser organisatorischen Arbeiten aber ist, wie wir sahen, der Herzog selbst gewesen. Möge hier noch eine besondere Aeußerung von ihm darüber Platz finden! Am 24. April 1528 hatte er an beide Bischöfe „mit gutem Willen" und „reifem Rate" ein „Mandat" erlassen, welches einen sprechenden Beweis für das innere Interesse liefert, mit welchem der Herzog an dem Ausbau der evangelischen Landeskirche arbeitete. Mit bewunderungswürdiger Sorgfalt und Umsicht sind hier den zur Visitation aufgeforderten Bischöfen alle Bedürfnisse der Kirche aufgezeichnet, deren Untersuchung ins Auge gefaßt werden sollte: Prüfung der Lehre der Pfarrer und ihres Lebenswandels, Einsetzung von „Erzpriestern" (später Superintendenten genannt), Anordnung vierteljährlicher Synoden ihrer Sprengel und dergleichen mehr bis hinab zum Gehalt der Glöckner und Tolken (d. i. Dolmetscher für „Undeutsche") und zur Versorgung der Gemeinde-Armen. „Nichts Höheres" habe er, äußert sich Albrecht dort, „in seiner fürstlichen Regierung vonnöten geachtet als das göttliche heilsame Wort allenthalben in seinem Fürstentum dermaßen verkündigen zu lassen, daß dadurch die Einigkeit unsers Glaubens und Sinnes gespürt und die rechtschaffenen Früchte täglich je mehr und mehr bei seinen Unterthanen vermerkt würden". Da „dieses aber durch die Diener und Ausstreuer der Geheimnisse Gottes als durch das Gott gefällige Mittel zu geschehen" habe, so sei eben deshalb die Ordnung aller Pfarren und Pfarrer von ihm ins Werk gesetzt. Damit nun aber die Pfarrer wüßten, was und wie sie predigen sollten, hatte der Herzog eine große Anzahl Exemplare der von Luther selbst besorgten Predigtsammlung „Postilla" kaufen, nach Preußen bringen und durch Speratus an die Pfarreien verteilen lassen; höchst charakteristisch aber hatte er dabei in obigem Mandate den Bischöfen aufgetragen, sie möchten mit den Pfarrern reden, daß sie die Postillen in dem Stücke gebrauchen sollten, wo sie lehren, die heilige Schrift auszulegen und Glauben und Liebe zu treiben; was sich aber darin auf Päpste, Bischöfe, Pfaffen und dergleichen Andere bezöge, was denn in Preußen Gott Lob nicht nötig sei, sollten sie übergehen." [20]).

Die Evangelisation Preußens ging indeß doch nicht so glatt von statten, wie man erwartet hatte. 1529, am 30. Juni, hatte nämlich der Rastenburger Erzpriester Michael Meurer über die von ihm als bischöflicher Stellvertreter in Masuren gehaltene Visitation dem Herzoge selbst in Fischhausen einen nicht gerade erfreulichen Bericht erstattet; besonders klagte er darin über die gedrückte Lage der Pfarrer, welche von den Bauern wie ihres Gleichen behandelt würden; auch lasse man Kirchen und Wideme (Pfarrgebäude) zerfallen; die Kirchleute wollten sie nicht bauen, und durch die vom Adel würden sie nicht dazu angehalten; der Adel und die Bürger thäten auch nichts dazu. Meurer aus Hainichen, der geistliche Reformator Danzigs, früher hochgeachteter Mönch in Altzelle zwischen Dresden und Leipzig, jetzt in hohen Jahren stehend, war ein kirchlich erfahrener Mann; er kam unter den geschilderten Umständen auf den Gedanken, daß die Abhaltung von Synoden durch die Bischöfe dringend nötig sei. Durch eine Vertrauensperson ließ er dem Herzoge davon Mitteilung machen. Dieser muß diese Angelegenheit sofort ergriffen haben; denn schon am 5. Juli 1529 erging an die Bischöfe Polentz und Queiß der Befehl, in der Zeit „nach Ausgang des Monats August" Synoden und Visitationen zu halten, damit dort über „Glaube, Lehre, Ehesachen und andere Angelegenheiten, welche den Pfarrern zu verrichten gefährlich und schwer seien", verhandelt werde.[30]) Da aber damals eine gefährliche Epidemie, der „englische Schweiß", aus England nach Preußen eingeschleppt wurde und auch aus kirchlichen Kreisen viele Opfer forderte — Bischof Queiß und Kanzler Fischer starben, Speratus, Poliander, der Herzog selbst lagen gefährlich krank darnieder — so konnte die Sache erst Anfang Januar 1530 in Angriff genommen werden.

Man muß es dem Herzoge zum hohen Verdienste anrechnen, daß er es war, der im Bereiche des ganzen lutherischen Protestantismus zuerst das Institut kirchlicher Synoden einführte. Während nicht lange darauf sämtliche lutherische Fürsten durch bureaukratisch arbeitende Konsistorien den Pastorenstand zur Unthätigkeit verurteilten, wollte Albrecht ihn zu Worte kommen lassen. Zu diesem Zwecke sollten sich mehrere Synoden versammeln, zunächst drei „Provinzialsynoden", und zwar die der samländischen Geistlichkeit am 2. Februar 1530 in Königsberg, die der masurischen am 16. Februar zu Rastenburg und die der pomesanischen am 7. März zu Marienwerder, darauf am 12. Mai eine Landessynode der gesamten Geistlichkeit Preußens unter beiden Bischöfen zu Königsberg. Nach dem Wunsche des Herzogs sollten auf diesen Synoden „alle geistlichen Gebrechen gehört und gebessert", aber „auch christliche Statuta synodalia (Synodalstatuten) publiziert und ausgegeben werden".³¹) Unter letzteren verstand der Fürst eine Lehrordnung, welche der preußischen Kirche noch fehlte. Da dieses Vorhaben von größter Wichtigkeit war, würde es der Herzog am 11. Januar 1530 nicht so bestimmt in Aussicht genommen haben, wenn er nicht, wie man ziemlich sicher vermuten darf, die Vorlage dazu bereits in der Hand gehabt hätte. Der nach Queiß' Tode inzwischen zum Bischofe von Pomesanien (in Marienwerder) ernannte Hofprediger Speratus hatte sie, so darf man es als Sachverhalt annehmen, als dogmatischen Leitfaden für die preußische Geistlichkeit entworfen, und der Herzog hatte durch eine vom 6. Januar 1530 datierte lateinische Vorrede diesem Werke seine Zustimmung erteilt; stammt diese auch, wie Form und Inhalt beweisen, nicht von ihm, sondern von Speratus, so hat er sich doch moralisch für sie verbindlich gemacht; sie ist sein landesväterlich-kirchliches Bekenntnis. Sie stellt den prinzipiell wichtigen Satz auf, daß ihm, dem Herzoge, die Fürsorge für die weltlichen Angelegenheiten (der Kirche) zugefallen sei, während „die Sorge für die geistlichen Dinge den Bischöfen und den von ihnen berufenen Geistlichen zukommen solle, damit so durch Verteilung der Obliegenheiten von beiden Seiten leichter für das gesorgt werde, was Fürsorge erfordert". Man braucht wohl kaum zu erinnern, daß der evangelische Landesfürst bei diesen Worten an keine Trennung von Kirche und Staat gedacht, sondern als evangelischer Staatslenker nur seine eigenen Pflichten neben denen der Bischöfe hat klar stellen wollen; um von Staats wegen die Autorität der Bischöfe zu sichern und zu heben, bezeugt er ihnen selbst dabei hohe Ehrerbietung und ermahnt, ja beschwört seine Unterthanen, ihnen in gleicher Weise Gehorsam zu leisten, damit so der wahre Friede, welchen wir als Christen von Gott erbitten, bei uns beständig bleibe.³²) So interessant nun dieses (von Speratus verfaßte) Lehrbuch der evangelischen Theologie ist, weil es noch vor der augsburgischen Konfession über die wichtigsten Unterscheidungslehren zwischen lutherischem Protestantismus und römischem Katholizismus gründlich und klar Auskunft erteilte, so können wir hier doch schnell darüber hinweggehen, weil durch die am 25. Juni dieses Jahres übergebene augsburgische Konfession der gesamte lutherische Protestantismus einen lehrhaften Ausdruck erhielt, welcher alsbald ungesucht als Lehrnorm gebraucht werden konnte. So sollen denn nach einer glaubwürdigen Nachricht auch in Preußen schon im Jahre 1530 auf Befehl des Herzogs bischöfliche Dekrete erlassen worden sein, welche bekannt machten, „daß, wer etwas wider die Augsburgische Konfession lehren würde, exkommuniziert sein solle, ja, wo er nicht widerrufe, aus der Kirche ganz verworfen werde".33) Zwar ist Albrecht in Bezug auf die Lehre eine Zeit lang in Versuchung geraten, dem Schwenkfeldianismus zuviel nachzugeben, aber nach Ueberwindung dieses Zwischenstadiums hat er doch bis' an seinen Tod „sich und sein Land", wie er 1537 an seinen Bruder Georg schrieb, „als Glied in der Reihe der Bekenner der Augsburgischen Konfession angesehen" wissen wollen.34)

Eher als die kursächsische war so durch Albrechts Lebenswerk die altpreußische Landeskirche im Geiste Luthers organisiert, und in Osteuropa hatte der lutherische Protestantismus einen festen Stützpunkt gefunden. Die innere Ausgestaltung dieses Werkes ging indeß zunächst langsamer vor sich, als man nach dem bisherigen Eifer Albrechts erwarten sollte. Das hat seinen Grund in jenem schon erwähnten Schwanken, in welches der Herzog selbst damals verfiel. Zwar hat dasselbe geschichtlich nicht weiter auf die preußische Landeskirche eingewirkt, als daß die Fortführung der Reformation fünf Jahre lang verzögert wurde; aber psychologisch ist es nicht uninteressant, den Fürsten unerwartet unter dem Banne derjenigen übergeistigen Richtung zu sehen, die in Luther einen auf halbem Wege stehen gebliebenen Reformator sah und sein „papiernes Papsttum", sein Hängengebliebensein am geschriebenen Bibelworte und an äußerlich wahrnehmbaren Sakramenten, durch ein rein geistiges Christentum überbieten wollte. Der Führer dieser Richtung war für den Osten Deutschlands der Liegnitzer Hofrat Caspar

von Schwenkfeld, welchen Herzog Albrecht am Hofe seines Schwa=
gers, des Herzogs von Liegnitz, kennen gelernt hatte; beide waren
mit einander in Briefwechsel getreten; aber Schwenkfeld konnte
den Herzog für seine Lehre nicht gewinnen. Anders gestaltete sich
die Lage, als Friedrich von Heideck, Herr auf Johannisburg und
Lötzen, welcher mit Erlaubnis Albrechts ein Jahr lang dem Lieg=
nitzer Herzoge Dienste geleistet hatte und dort Schwenkfeldianer
geworden war, nach dem südlichen Ostpreußen zurückkehrte, schwenk=
feldische Pastoren an den Pfarreien seiner weitausgedehnten Herr=
schaft anstellte und der Verbreitung des Schwenkfeldianismus eif=
rigst Vorschub leistete. Heideck aber stand bei dem Herzoge Albrecht
nächst Polentz in höchstem Vertrauen; ihm verdankte der Herzog
außerordentlich viel. Ehemals Kanonikus von Bamberg war
Heideck aus der fränkischen Heimat mit dem jungen Markgrafen
nach Preußen gezogen und in den deutschen Ritterorden einge=
treten, hatte dem Hochmeister im polnischen Kriege, noch mehr
aber bei der Säkularisation des Ordenslandes die treuesten Dienste
geleistet; auch religiös wußten beide sich einig, ja der Ritter mit
dem Schwerte war von der Herrlichkeit des von Luther wieder
entdeckten Evangeliums so tief durchdrungen, daß er selbst zur
Feder griff, um den mächtigen Meister des deutschen Ordens in
Livland, Walter von Plettenberg, für die lutherische Auffassung
des Christentums und die Anwendung derselben auf die Geschicke
des Ordens auch in Livland zu gewinnen; in einer Schrift, be=
titelt „Eine gar christliche Ermahnung zu der Lehre und Erkennt
nis Christi" suchte der ritterliche Schriftsteller im Anfange des
Jahres 1527 dem livländischen Meister die prinzipiellen Fragen
der Reformation zu beantworten, und der Verfasser trägt darin
meisterhaft populär eine gesunde, jugendlich frische lutherische
Theologie vor.[35]) Jetzt war dieser merkwürdige Mann schwenk=
feldisch umgestimmt und damit die Gefahr gegeben, daß er auch den
Herzog nach sich ziehen könne. Schon am 30. November 1531
machte der als Bischof von Pomesanien mit der Pastorierung
des südlichens Preußens beauftragte Lutheraner Speratus den
Herzog auf die Gefahr aufmerksam, welche durch das Eindringen
der „Schwärmer" in die preußische Landeskirche entstehe, und ver=
hehlte schon damals dem hohen Adressaten seine Bedenken nicht:

„ich besorge," schrieb er dem Herzoge, „Ew. Fürstliche Gnaden räumen ihnen zuviel ein." Albrecht aber mochte eine Sache, welche Heideck vertrat, nicht geringschätzig behandeln, sondern ordnete eine „christliche Unterredung" beider Teile im Pfarrhause zu Rastenburg an und lud die Teilnehmer selbst zu diesem Religionsgespräch auf den 30. Dezember 1531 ein. So kam es, daß die distinguiertesten Persönlichkeiten in Kirche und Staat sich in aller Stille dort einfanden, um Albrechts Wunsch zu erfüllen: voran die beiden Bischöfe Polentz und Speratus, von denen dieser als erprobter Theologe den Vorsitz führen sollte, sodann die drei Pfarrer Königsbergs, Poliander, Brießmann und Meurer; sie vertraten den Glaubensstandpunkt der lutherischen Kirche; die Gegenpartei wurde durch Herrn von Heideck, Fabian Eckel, Prediger in Liegnitz, welchen Heideck dazu hatte kommen lassen, und durch Heidecks Pfarrer Peter Zenker repräsentiert. Zur Beaufsichtigung des ganzen Gespräches aber und um die Parteien selbst zu hören, war auch der Herzog dabei anwesend, begleitet von seinem Kanzler Apel und seinem Leibarzte Wild. Das Gespräch, dem der Herzog von Anfang bis zu Ende beiwohnte, drehte sich zwei Tage lang um die prinzipiellen Streitfragen zwischen lutherischem Landeskirchentum und schwenkfeldischem Spiritualismus, um die Frage nach der Notwendigkeit der Bibel und der äußeren Tauf- und Abendmahlshandlung. Ein greifbares Resultat kam allerdings nicht heraus; aber der Herzog wünschte, daß beide Teile wenigstens ihre dort gehaltenen Reden aufschrieben und schriftlich weiter darüber verhandelten. Bald scheint indeß der Einfluß Heidecks auf ihn gestiegen zu sein; denn am 14. Mai 1532 berichtete der Kanzler Apel (einst Luthers Trauzeuge in Wittenberg) an seinen Freund Johann Heß in Breslau: „Herr von Heideck kommt heute zum Fürsten; möchte er Seine Durchlaucht nicht mit seinem tötlichen Gifte anstecken; ich fürchte das sicherlich mit allen Gutgesinnten sehr". Unter solchen Umständen hielt es Luther, welcher von diesen Vorgängen benachrichtigt war, für seine Pflicht, mit der Feder in diesen Kampf der Geister einzugreifen. Anlaß dazu bot ihm ein Brief Albrechts, worin dieser ihn über das Sakrament des Abendmahls und die darauf bezügliche Auslegung des sechsten Kapitels des Evangeliums Johannis um Aus=

kunft gebeten hatte. Als Antwort schickte Luther ein gedrucktes, zugleich für die Oeffentlichkeit bestimmtes Schreiben, seinen „Sendbrief wider etliche Rottengeister" (Wittenberg 1532), in welchem er nicht blos das „helle, reine Wort Christi", sondern auch die fünfzehnhundertjährige Autorität der Kirche mit einem von ihm nie wieder so schroff ausgesprochenen Conservatismus in das Feld führte, um die Objektivität des Heilsgutes im Abendmahle zu verteidigen. Das Schriftchen gipfelt in dem Rate, der Herzog wolle die Schwärmer „ja nicht im Lande leiden." Luthers Streitschrift war gegen die „Sakramentirer" gerichtet; aber durch seine Beweisführung fühlten sich auch die Züricher Geistlichen, welche eine spiritualisierende Sakramentslehre vertraten, mitgetroffen und arbeiteten schriftlich bei Albrecht gegen Luther. Unter dem 17. Juni 1532 übersandten sie dem Herzog eine von Leo Judä angefertigte Uebersetzung der Schrift des Ratramnus „Vom Leibe und Blute Christi", welche gegen Luther Zeugnis ablegen sollte, mit der Bitte an die Obrigkeiten, daß sie nicht auf Luthers Sendschreiben hin „einen biderben Mann mit Weib und Kind ins Elend treiben" möchten, „der nicht gleich kann glauben, was der Luther glaubt".

Es ist daher wohl kein Zufall, daß Albrecht erst Mitte nächsten Jahres dem Wittenberger Reformator antwortete und zwar in einer so ruhigen Weise, daß der Brief merkwürdig von dem erregten Schreiben Luthers absticht. Dem Einschleichen der „Sakramentierer" könne man nicht wehren, schrieb der Herzog, weil Preußen „so ein weit Land" sei; wollte man sie aber verjagen, so sei bei der dünnen Bevölkerung des Landes zu besorgen, daß es „noch wüster" werde; doch beruhigt er sich und den Adressaten mit dem Hinweis auf seine „geliebten Gevattern Doktor Brießmann und Herrn Poliander, die ihr Amt mit Warnen und Lehren tapfer treiben". Verboten habe er indeß neulich noch ausdrücklich, daß sich die Sakramentierer öffentlich oder heimlich „des Lehrens oder Predigens unterwinden"; im übrigen lasse er aber jedem seiner Unterthanen in Glaubenssachen Freiheit, „weil mir," fügte der Herzog hier zum Schutze protestantischer Gewissensfreiheit hinzu, „nicht geziemen will, mit Gewalt in die Leute den Glauben zu bringen."[36]) Unter solchen Umständen hob die „Schwarmgeisterei" in Preußen ihr Haupt kühner empor; aber auch die Lutheraner,

zumal Poliander, drangen heftiger bei dem Herzoge auf Gegen=
maßregeln gegen sie; zur Entscheidung kam der Fürst aber doch
erst, als an dem Reiche der Wiedertäufer zu Münster offenbar
geworden war, wohin der Spiritualismus führen könne, wenn er
zur Grundlage eines kommunistischen Sozialismus gemacht würde.
Schon am 30. März 1535 hatte sich der Kurfürst von Sachsen
in Weimar vor einem Gesandten Albrechts sehr erregt über das
Münster'sche Reich geäußert und eine Zusammenkunft aller evan
gelischen Obrigkeiten für notwendig erklärt. In der Nacht vor
Johannis stürzte darauf die Münstersche Theokratie zusammen.
Wenig Wochen später, am 1. August 1535, erließ Herzog Albrecht
an den Bischof Speratus in Marienwerder, in dessen Sprengel die
spiritualistische Bewegung noch im Gange war, ein Mandat des
Inhalts, daß die Einheit der Lehre im Lande aufrecht erhalten
werden solle. „Denn ob wir wohl gemeint, in Niemands Ge=
wissen zum Glauben zu bringen," äußert sich jetzt der Fürst, „so
will uns doch auch wiederum nicht gebühren, daß wir gestatten
sollten, gegen die evangelische Lehre und die einträchtig verfaßte
Kirchenordnung etwas zu verändern, am wenigsten ohne einhellige
Bewilligung der Bischöfe und der Stände des Landes." ³⁷) Da
mit war die innere Entwickelung Albrechts wieder ganz in die
Bahn der lutherischen Landeskirche eingelenkt, die er im Geiste
der ersten preußischen Kirchenordnung zu schützen und zu fördern
wieder fest gewillt war; und da im folgenden Jahre, am 3. August
1536, noch dazu der „Prinzipal aller Schwärmer", wie er lutherischer=
seits genannt wurde, Friedrich von Heideck, mit dem Tode abging,
blieb Albrecht auch von dieser Seite unangefochten, und zwischen
Luther und ihn ist in der Folgezeit nie wieder ein Schatten gefallen.

Der innere Ausbau der preußischen Kirche und die weitere
Evangelisierung des ganzen Landes geschah demnach im Geiste
Luthers. Eine mit den Ständen im Jahre 1540 vereinbarte
Landesordnung legte in diesem Geiste die bessernde Hand an die
offenen Wunden des Volkskörpers: Gotteslästerung sollte aufs
höchste bestraft, und das Volk von sündlichem Schwören, von
Fluchen, Trinken und Sünden gegen das sechste Gebot nach Kräften
abgehalten werden, und eine daran gehängte detaillierte Kleider=
ordnung steuerte dem Kleiderluxus bis in die niedrigsten Stände

hinab, von Prälaten und Herrschaften an bis hinunter zu Kriegern und Bauern, Trompetern und Pfeifern. „Artikel von Erwählung und Unterhaltung der Pfarrer" ferner, welche ebenfalls damals vereinbart wurden, verfolgten aufs neue den Zweck der ökonomischen Sicherstellung der Landeskirche. Verglichen mit den Artikeln der Landesordnung von 1525 enthalten sie mehrfache Verbesserungen zu Gunsten der Pfarrer: ihre etwaige Absetzung darf nicht ohne geordnetes Verfahren stattfinden; auf jeder Pfarre soll ein Inventar, darunter „etliche gute Bücher", vorhanden sein; für die Hinterbliebenen der Pfarrer, für ihre Wittwen und Kinder, soll gesorgt werden. Das großartigste Beispiel seiner landesväterlichen Sorgfalt für die Kirche gab der Herzog sodann im Winter 1542 zu 1543, als er in eigener Person eine Kirchenvisitation seines ganzen Landes hielt. Schon lange hatte er sich mit dieser Absicht getragen; jetzt entschloß er sich dazu, weil sich die Notwendigkeit herausstellte, für die Kirchen des Landes eine neue, dauernde Ordnung aufzurichten, da sich doch seit 1525 manche damals getroffenen Maßnahmen als verbesserungsfähig herausgestellt hatten. Zur Vorbereitung auf dieses Werk wollte er in die religiösen und sittlichen Zustände seines Landes einen selbständigen Einblick thun. Da er aber dabei nichts ohne die ordentlichen Vertreter der Kirche vorzunehmen gedachte, so gebot er beiden Bischöfen, Polentz und Speratus, ihm dabei allerorts zu assistieren. Speratus, der selbst krank war und auch noch seine Gattin schwer krank in Marienwerder zurück lassen mußte, schrieb doch darüber am 11. Dezember 1542 nach Wittenberg: „man muß der Obrigkeit gehorchen, besonders dann, wenn sie Gerechtes und Frommes befiehlt, wie jetzt unser Herrscher. Ich habe also keine Entschuldigung, sondern muß schlechterdings dem frommen Fürsten gehorchen." Wie weit Speratus seinen Vorsatz hat ausführen können, ist nicht mehr festzustellen; aber von dem Bischofe Polentz wissen wir, daß er dem Herzoge nach Kräften geholfen hat; vom Hofe befanden sich auch angesehene Personen, wie der Obermarschall Friedrich von der Oelßnitz, in dem Gefolge des Herzogs, um ihn im Visitationswerk zu unterstützen; bestimmte Ortschaften, die der Herzog nicht selbst aufsuchen konnte, mußten von ihnen visitiert werden. Aeußerlichkeiten der Visitation, wie Unterbringung und

Verpflegung des hohen Herrn und seiner Begleitung, waren vorher angeordnet worden. Wo es möglich war, mußten die herzoglichen Beamten für Lebensmittel sorgen; bei dem Mangel an geeigneten öffentlichen Gasthäusern blieb eben nichts anderes übrig, als daß die Amtleute sich „mit Schlachten, Backen und Anderem", wie der Herzog an Graf Peter von Dohna nach Mohrungen schrieb, „zur rechten Zeit einrichteten". Sonntag, den 17. Dezember 1542, wollte der Fürst von Königsberg aufbrechen, um am nächsten Tage in dem nahen Amte Brandenburg am frischen Haffe sein Visitationswerk zu beginnen; doch laufen die uns erhaltenen Akten des „Umzuges", wie Albrecht die Visitation nannte, erst vom 19. Dezember 1542; am 1. Januar 1543 — lesen wir da — wurde Friedland visitiert, am 6. Tharau, am 7. Kreuzburg; am 30. Mühlhausen i. Pr., am 31. Preußisch-Holland; am 1. Februar Liebstadt und Reichenau, am 6. Mohrungen, am 20. Riesenburg und so weiter von Kirchspiel zu Kirchspiel durch große Partien des Landes, wahrscheinlich bis zum April, wo wir den Herzog wieder in Königsberg treffen. Auf Grund der betrübenden Erfahrungen, welche er auf der Visitation gemacht, erließ er schon am 1. Februar 1543, also noch während des „Umzuges", in deutscher und in polnischer Sprache einen „Befehl, in welchem das Volk zu Gottesfurcht, Kirchgang, Empfang der heiligen Sakramente und anderem ermahnt wird". Er habe gefunden, äußerte sich hier der Fürst, daß die Leute in den Artikeln des heiligen christlichen Glaubens ganz wenig unterrichtet seien, weil sie selten oder gar nicht zur Kirche kommen. Daher befehle er den Pfarrern, sie sollten das Volk zum Kirchgang bitten und ermahnen; aus jedem einzelnen Hause aber, so ordnet er an, solle an allen Sonntagen und hohen Festen entweder der Wirt oder die Wirtin, jedes samt den Kindern und dem abkömmlichen Hausgesinde, zur Anhörung des göttlichen Wortes zur Kirche gehen. Zuwiderhandelnden wird Strafe angedroht; sind es Adelige, so sollen sie mit Geldstrafen belegt werden, die sich im Wiederholungsfalle steigern; hilft das nichts, dann „mit gebührenden und harten Leibesstrafen"; Bürgern, Bauern und gemeinen Einsassen werden ebenfalls zuerst Geldstrafen auferlegt, eventuell gesteigerte; bleibt dies fruchtlos, so sollen sie auf dem Kirchhofe (d. i. unmittelbar vor dem Gotteshause) oder in der Kirche „mit einem Halseisen" bestraft, eventuell weiter von „harten Leibesstrafen" getroffen werden. In jeder Kirche wird sodann ein Aufseher bestellt, welcher von einer anzubringenden Bank aus nachzusehen hat, ob jemand im Gottesdienste fehlt; abwechselnd muß aus der Gemeinde jedes Haus einen solchen Aufseher stellen; er hat die etwa Fehlenden anzuzeigen; der Amtshauptmann aber, die Kirchgemeinde= väter und der Pfarrer fällen das Urteil, worauf eventuell sofort die oben angedrohte Bestrafung eintritt. Weiter verfügt der „Befehl", daß jeder Pfarrer an jedem Sonntage Epistel und Evangelium vom Altare aus deutlich vorlese, dann eine halbe Stunde lang das Evangelium auslege und schließlich noch eine halbe Stunde lang den Katechismus Luthers erkläre. Alle Viertel= jahre sodann oder auch schon alle fünf bis sechs Wochen soll der Pfarrer in jedem Dorfe mit den Leuten ein Verhör anstellen, um sich zu vergewissern, was sie gelernt haben, eine Anordnung, welche herb erscheinen mag, aber dem niederen Bildungsstande des Volkes, das vom Orden vernachlässigt war, durchaus entsprach. Die Nachwirkung dieses „Befehls" ist noch heute in Ostpreußen spürbar; denn der Name „Gebetsverhör" ist dort noch ein stehender Ausdruck für Bibelstunden oder Katechismusgottesdienste, welche mancher landeskirchliche Pfarrer auf Dörfern, die von der Kirche abliegen, im Schulgebäude oder in der Wohnung eines Besitzers abzuhalten pflegt, nur daß man meist den Ursprung dieses Namens nicht mehr kennt.

Eine weitere, unendlich wichtigere Wirkung der herzoglichen Kirchenvisitation war die Umgestaltung der Gottesdienstordnung. Man schaute jetzt, was schon berührt wurde, in Preußen auf eine Arbeit von etwa zwanzig Jahren zurück, und das Urteil war reifer als im Jahre 1525, wo man die „Artikel der Ceremonien" entwarf. Katholische Reste, welche man damals noch beibehalten hatte, wie die „Elevation" der Hostie in der Abendmahlsfeier, mußte man endlich fallen lassen; Verbesserungen dagegen, welche auf Grund des evangelischen Prinzips nötig geworden waren, ließen sich nicht länger hinhalten. So kam es zur Ausarbeitung der Kirchenordnung vom Jahre 1544. Man wird als ihren Hauptverfasser den Reformator Brießmann ansehen dürfen; aber der eigentliche treibende Urheber derselben war der Herzog selbst gewesen, welcher gerade den spiritualistischen Sektierern gegenüber alle Nachreden entkräften wollte, die von ihnen wegen angeblichen Kryptokatholizismus gegen die preußische Landeskirche in Umlauf gesetzt wurden. Den Hauptbestandteil der neuen Ordnung bildet daher eine detaillierte evangelische Abendmahlsliturgie, wobei auch aus dem seit 1525 angewachsenen Reichtum an deutschen evangelischen Kirchenliedern zahlreiche sorgsam ausgewählte dargeboten werden; aber den Akt der „Elevation" der Hostie als sinnbildliche Darreichung eines Opfers von Seiten des Priesters an Gott verbot man dabei ausdrücklich: „Der Priester darf das Sakrament nicht erheben; denn die Elevation ist unnötig und abgethan." Im Ganzen aber sollte diese neue Kirchenordnung nichts weiter als eine verbesserte Erneuerung dessen sein, was sich seit der ersten vom Jahre 1525 im kirchlichen Leben Preußens bewährt hatte; beide Ordnungen sind ihrer Geistesrichtung nach lutherisch, nur daß in der ersten die Einführung der Bibel in die Gemeinde, in der zweiten die Feier des Abendmahls mehr in den Vordergrund gerückt erscheint. In der ersten Hälfte des Jahres 1544 wurde die neue Ordnung in drei Sprachen, deutsch, lateinisch und polnisch, und zwar in jeder besonders, zu Königsberg gedruckt und mit einem „Mandate" des Herzogs vom 2. Juni dieses Jahres und einer „Vorrede" der beiden Bischöfe Polentz und Speratus den Pfarrern Preußens zugeschickt; Anfangs Juli wurde sie darauf in Gebrauch genommen. Der deutsche Text führt den Titel „Ordnung vom äußerlichen Gottesdienst und Artikel der Ceremonien, wie es in den Kirchen des Herzogtums Preußen gehalten wird". In dem Mandate vom 2. Juni aber, welches der Herzog voraudrucken ließ, äußerte er sich im Geiste Brießmanns prinzipiell dahin, daß, obwohl solche menschliche Ordnungen der gottesdienstlichen Handlungen in den Bereich der Freiheit gehören und für unsere Seligkeit an ihnen nichts gelegen ist, dennoch wegen der Jugend und der einfältigen Schwachen darin Einheit herrschen und jedermann durch sie zum Worte Gottes angereizt und hingeleitet werden solle. Die Prälaten aber versäumten nicht, in demselben Geiste evangelischer Freiheit zu versichern, daß für die Gemeinden solche Ordnungen nicht zu Stricken des Gewissens werden sollten; Kirchengebräuche sollten uns Christen dienen, nicht wir ihnen; die Gewissen seien nicht daran gebunden; auch solle nicht etwa für Preußen etwas Besonderes geschaffen werden; vielmehr stimme die preußische Kirche mit der des Kurfürstentums Sachsen zusammen, wie wir auch sonst, fügen die Bischöfe hinzu, „fest an einander halten". Als Ertrag einer etwa zwanzigjährigen Erfahrung in kirchlichen Dingen bildet so diese Ordnung von 1544 unter den amtlichen Maßnahmen zur Einführung und Befestigung der Reformation im Herzogtum Preußen den Höhepunkt.

Inzwischen hatte Albrecht noch ein anderes Werk, das zwar in erster Linie der Schule, sodann aber doch auch dem kirchlichen Gottesdienste förderlich sein sollte, in's Leben gerufen, ein Choral-Melodienbuch. Selbst ein Liebhaber der Musik, hatte der Herzog für seine Schulen und damit ja auch für den kirchlichen Gebrauch durch seinen Hofkapellmeister oder „obersten Trompeter", wie er amtlich hieß, Hans Kugelmann, eine Auswahl meist religiöser Lieder zu drei Stimmen komponieren lassen. Daher der Titel „Concentus novi trium vocum", „Neue Gesänge mit drei Stimmen, den Kirchen und Schulen zu Nutz". Der Komponist that noch „etliche Stücke mit acht, sechs, fünf und vier Stimmen hinzu". Da die Buchdruckerei Johann Weinrichs, die einzige, welche es in Königsberg gab, keine Notenpresse besaß, wurde der Druck dieses Werkes zu Augsburg, woher Kugelmann stammte, von Melchior Kriestein auf Albrechts Kosten im Herbste 1540 hergestellt, und die Auflage in Höhe von 320 Exemplaren dem Herzoge nach Preußen geschickt. Dort sind sie alle — zersungen worden; nur in München hat sich auf der Hof- und Staatsbibliothek ein Exemplar erhalten; es besteht aus vier Stimmbüchern in kleinem Quer-Oktav-Format; der Haupttitel steht vor der Tenorstimme. Das Ganze enthält 39 Lieder, darunter 7 von Luther, 2 von Poliander und 1 von Speratus. Ueber ihren musikalischen Charakter, der von Kugelmann stammt, hat sich ein geschätzter Kenner der Musik und ihrer Geschichte mit Anerkennung ausgesprochen, und geschichtlich bleibt noch besonders interessant, daß von dem Liede „Nun lob mein Seel den Herren", das in Königsberg von Poliander gedichtet ist, Text und Melodie, und von „Allein Gott in der Höh' sei Ehr" die Melodie hier zum ersten Male auftaucht. Das ganze Unternehmen aber beweist aufs neue, ein wie tiefes Verständnis für die Bedürfnisse des Volkes der Herzog Albrecht besaß. Wo fände sich in jenen Jahren ein regierender Fürst evangelischen Bekenntnisses, der für den positiven Ausbau seiner Landeskirche auch nur annähernd ähnliches geleistet hätte wie er! Die Landesordnung von 1540 mit ihrer Herstellung einer öffentlichen Sittlichkeit im Lande, die „Artikel von Erwählung und Unterhaltung der Pfarrer", deren ökonomische Existenz dadurch gesichert wurde, von demselben Jahre, die herzogliche Kirchenvisitation von 1542 und 1543, welche bei den Pfarreien eine feste Ordnung schuf, endlich die abschließende, das gesamte kirchliche Handeln regelnde evangelische Kirchenordnung von 1544 alle diese geschichtlichen Denkmale zeugen laut von der landesväterlichen Fürsorge des Fürsten, der, ohne sich in die rein geistlichen Amtshandlungen der berufenen Bischöfe und Prediger zu mischen, durch die Verhältnisse genötigt, thatsächlich als oberster Bischof der Kirche seines Landes das Wohl derselben eifrig zu fördern bemüht war. Gleichzeitig mit diesen Bestrebungen erfüllte ihn aber auch aufs ernsteste die Fürsorge für die gelehrte Bildung in Preußen, und wenn irgend etwas zu den reformatorischen Leistungen Albrechts gehört, so ist es die Stiftung der Universität Königsberg; denn „durch sie sollte", wie der Herzog 1544 an Melanchthon schrieb, „der heilige Name des Herrn der Ehren gepriesen, sein alleinseligmachendes Wort gemehrt und die Jugend zu rechtschaffener christlicher Lehre und anderen guten Künsten unterwiesen werden".

Unter Protestanten gilt es als sicher, daß Wissenschaft im modernen Sinne erst durch die Reformation möglich geworden, weil erst hier auf Grund der religiösen Selbständigkeit der Persönlichkeit das Recht und die Pflicht persönlicher Wahrheitserkenntnis erwuchs. Das Bedürfnis aber, sich selbst zu bilden und im Lande Bildung zu verbreiten, hat Albrecht gefühlt, sobald er als erblicher Fürst für die Pflege geistiger Güter freiere Hand erhielt. Zu Michaelis 1526 bestellte er bei Lucas Cranach in Wittenberg „alle neuen, guten, lesenswerten Bücher", welche seit kurzem bei ihm oder Anderen erschienen und solche, welche vielleicht auch aus dem Latein in's Deutsche übersetzt seien; besonders wünschte er sich etliche Exemplare der deutschen Uebersetzung von Laurentius Valla's Schrift über die fälschlich so genannte und erlogene Schenkung Constantins an Papst Sylvester; Cranach wolle die Bücher kaufen und auf's förderlichste nach Preußen senden. 1527 erfolgte die gewünschte Sendung. Noch in demselben Jahre gab der Herzog dem ihm nahe stehenden, humanistisch gebildeten Pfarrer Johannes Poliander den Auftrag, für ihn diejenigen Bücher zu kaufen, welche er für zuträglich halte, indem er ihm als einem vorzüglichen Kenner der Litteratur die Auswahl derselben überließ. Auch der damals noch in Königsberg als herzoglicher Rat fungierende Humanist Crotus Rubianus hat im Auftrage seines Herrn zu dem für jene Zeiten hohen Preise von 250 Mark eine große Anzahl Bücher gekauft, Klassiker, juristische Werke, Kirchenväter und mittelalterliche Theologen. Auf dem Schlosse zu Königsberg wurden diese Schätze untergebracht, und schon im Jahre 1534 muß der Bestand so groß geworden sein, daß der Herzog einen bücherfrohen Niederländer Felix König als Bibliothekar anstellte, der sein „Gemach" auf dem Schlosse neben der „Liberei" erhielt. Der hat des Herzogs Bücher gehütet, wie einst der Cyklop in Homers Odyssee seine Schafe, weshalb er sich auch mit Vorliebe Felix Rex Polyphemus schrieb. Außer dieser seiner privaten Büchersammlung stiftete der Herzog im Jahre 1540 eine öffentliche Bibliothek, welche der gelehrten Bildung dienen sollte und ebenfalls im Schlosse Aufstellung fand. Beide Sammlungen, „Kammerbibliothek" und „Schloßbibliothek", welche Albrecht später testamentarisch seinem Lande vermachte, bilden zusammen mit zahlreichen Bänden aus dem Nachlasse Brießmann's und Speratus' den sehr wertvollen Grundstock der gegenwärtigen an Reformationslitteratur reichen „Königlichen und Universitätsbibliothek" zu Königsberg. Zu seinem Handgebrauch bediente sich der Herzog noch einer Reihe von erbaulichen Schriften, wie Bibeln, Postillen und ähnlichen Werken, die er in kostbare Einbände mit silbernen Beschlägen sich hatte binden lassen; sie bilden, 20 Bände an der Zahl, noch heute als sogenannte „Silberbibliothek" einen eigentümlichen Schatz derselben Bibliothek in Königsberg; zweimal in großer Gefahr, ist die „Silberbibliothek" im siebenjährigen Kriege vor den Russen nach Küstrin und im Kriege gegen Napoleon I. 1807 vor den Franzosen nach Memel geflüchtet worden, aber darauf beide Male unversehrt nach Königsberg zurückgekehrt. — Dem Bildungsinteresse hatte die Schloßbibliothek dienen sollen. Ihre Eröffnung gerade im Jahr 1540 aber war keine zufällige Thatsache, sondern stand im Zusammenhange mit Albrechts Plänen zur Schöpfung eines höheren Unterrichtswesens in Preußen überhaupt: der Herzog wollte für sein Land eine höhere Unterrichtsanstalt ins Leben rufen; ihr sollte die Bibliothek für Lehrer und Lernende wissenschaftliche Hülfsmittel darbieten.

Bis zum Beginn der Reformation hatte das höhere Schulwesen in Preußen fast ganz brach gelegen; von dem deutschen Orden war für dasselbe fast nichts geschehen, und auch in den Städten des Ordenslandes gab es nur zu Königsberg in der „Altstadt" und im „Kneiphofe" je eine lateinische Trivialschule, von welcher dann und wann Zöglinge auf eine Universität ins Ausland zogen. So lange nun Poliander, der frühere Leiter der Leipziger Thomasschule, sein Königsberger Pfarramt verwaltete, nahm er sich des altstädtischen Schulwesens an, und der Herzog begünstigte ihn dabei; aber das Land brauchte mehr. Hatte man bisher durch Luthers und Melanchthons Vermittelung für Kirche und Schule in Preußen die notwendigsten Männer aus Deutschland bezogen, so wurde dies je länger je schwieriger, und woher sollte man gar für die „Undeutschen" im Herzogtume, für die Polen und Litauer, Prediger und Juristen erhalten? In dieser Notlage hatte Albrecht längst mit klarem Blicke erkannt, daß man versuchen müsse, den notwendigen Bedarf an gebildeten Männern für Kirche, Schule und Staat im Lande selbst zu beschaffen; und was er zur Erreichung dieses Zweckes ersann, war durchaus sachgemäß und frei von allen Illusionen. Vor seinem Geiste stand eine Lehranstalt, welche wir heute ein „akademisches Gymnasium" nennen würden, eine gelehrte Schule, welche ihre Zöglinge von den Elementarkenntnissen bis zur Beherrschung der Humaniora führt, dazu aber noch das wichtigste aus der Bibelwissenschaft, der damaligen „Theologie", und aus den „freien Künsten" bietet; kein „Studium universale", wie im Mittelalter die Universitäten hießen, sollte es werden, sondern nur ein „Studium particulare", das nur die notwendigsten und am meisten praktischen Zweige des gelehrten Unterrichts bot, ein „Partikular", wie es seit den ersten Verhandlungen darüber im Jahre 1540 genannt wird. Die Art aber, wie der Fürst diesen für das ganze Land so wichtigen Schritt vorbereitete, beweist, daß er die Tragweite seines Unternehmens voll überschaute. Von den bedeutendsten Schulmännern und anderen Gelehrten Königsbergs und des Auslandes forderte er seit dem Jahre 1540 über das zu errichtende „Partikular" Gutachten ein, und wir sind so glücklich, diese noch fast alle zu besitzen. Die Königsberger Reformatoren Poliander und Brießmann, der Jurist Christoph Jonas, damals noch Magister und Jurist in Wittenberg, und der gefeierte Humanist Joachim Camerarius, zu jener Zeit noch Professor in Tübingen, gaben ihre Gutachten schriftlich ab, und, nachdem die preußischen Stände zugestimmt, wurde das „Partikular" zu Michaelis 1541 bei dem Dome in Königsberg fundiert und wahrscheinlich im nächsten Jahre eröffnet; ein um seines evangelischen Glaubens willen aus seiner Heimat, dem polnischen Litauen, vertriebener gelehrter Pädagoge, der Dr. jur. Abraham Culvensis, übernahm als Vicerektor die erste Aufsicht über die Schule. Die Bemühungen, für die Leitung derselben einen definitiven Rektor zu gewinnen, welcher zugleich der Schule den Glanz eines gefeierten Namens verleihen könnte, brachten den Herzog durch Camerarius' und Melanchthon's Vermittelung in Beziehung zu Sabinus, Professor der Beredsamkeit in Frankfurt a. d. O. und Schwiegersohn Melanchthons. Ihn gewann er unter Zusicherung eines damals unerhört hohen Gehaltes von jährlich 350 Thalern zum Rektor „im Collegio". Bei den Verhandlungen darüber kam aber Albrecht durch Sabinus zu dem Entschluß, die für später in Aussicht genommene Erweiterung des Partikulars zu einer Universität schon alsbald in's Werk zu setzen. Das bisherige Partikular sollte dann als „Pädagogium" gewissermaßen die Vorklasse der Universität bilden und damit auch samt seinen Lehrern der Oberaufsicht des Universitätsrektors unterstellt sein. Außer dem Rektorat vertrat nun Sabinus als Professor der Beredsamkeit und der Dichtkunst das hervorragende Fach der klassischen Philologie, wie wir es heute nennen, glanzvoll; für Theologie, Jurisprudenz und Medizin wurde je ein ordentlicher Professor angestellt, die Wittenberger Doktoren Rapagelan, Christoph Jonas und Brettschneider; Philologen vom Partikular wie Jsinder, Hoppe und Gnapheus erhielten zugleich Lehraufträge für die philosophische Fakultät; einige andere, wie der medizinisch und naturwissenschaftlich gebildete Andreas Aurifaber aus Breslau, der Hebraist Johann Sciurus aus Nürnberg, wurden außerdem berufen; zusammen etwa funfzehn Männer, die das große Werk beginnen sollten. Durch ein lateinisches Diplom vom 20. Juli 1544 ließ der Herzog die „Fundation" der Königsberger Akademie öffentlich bekannt machen. Indem er hierin seine Meinung dahin aussprach, daß er ein nützliches und Gott wohlgefälliges Werk beginne, sicherte er allen, welche die Anstalt besuchen würden, Schutz und Vorrechte zu und eröffnete ihnen die Aussicht, daß alle Lehrerstellen und andere Aemter in Preußen nur mit Königsberger Zöglingen besetzt werden sollten, verlangte aber andererseits auch von Lehrern und Lernenden Aufrechterhaltung guter Sitten, von den Lehrern Strenge und Wachsamkeit, von den Schülern Gehorsam gegen die bald bekannt zu machenden Gesetze. Diese Deklaration, nicht nur für Preußen, sondern auch für das Ausland berechnet, wurde am 10. August in vieler Herren Länder verschickt und von dem Prediger Veit Dietrich zu Nürnberg sogar durch einen zweiten Druck weiter verbreitet. Am 17. August 1544, einem Sonntage, Mittags 1 Uhr, fand darauf die feierliche Einweihung der Hochschule in dem eben fertig gestellten Universitätsgebäude am Dome zu Königsberg statt. Mit eigener Hand führte der Landesherr den Poeten Sabinus in das Lektorium und setzte ihn zum perpetuierlichen Rektor ein; dann hielt der Professor der Rechte Dr. Christoph Jonas eine lateinische Rede; darauf wurden die Gesetze der Universität verlesen, wie sie von nun an gehalten werden sollten. „Gott gebe Glück, Heil und seinen Segen dazu, daß es wohl gerate!" wünscht der gleichzeitige Chronist, welchem wir diese Nachrichten verdanken. Was für Opfer hatte der Herzog gebracht! Der Bau des „Kollegiums", so hieß das heute so genannte „alte" Universitätsgebäude, kostete allein im Jahre 1544 ungefähr 10000 Mark; nun folgte die dauernde Unterhaltung des Lehrerpersonals und der unvermögenden Studenten, für jenes 3000, soviel wie in Wittenberg, für diese 1000 Mark, welche auf ein Convikt von 24 Zöglingen verwandt wurden. An Studenten aber fehlte es am Anfang keineswegs; indem Sabinus sofort die Schüler des Partikulars zur Universität rechnete, schrieb er mit eigener Hand alsbald etwa 200 Studenten in die Matrikel, welche unter den historischen Denkmälern der Universität noch jetzt den ehrwürdigsten Platz behauptet; mehrere Studenten stammten aus Danzig, Elbing und benachbarten Städten; auch Polen, welche um ihres Glaubens willen ihre Heimat verlassen mußten, kamen nach Königsberg, und aus Deutschland zog Sabinus von Frankfurt a. d. O. manchen nach sich. Erwägt man, daß es in Marburg bei Errichtung der Universität nur 104 Studenten gab, so erscheint der Anfang der zweiten Hochschule des Protestantismus keineswegs unansehnlich. Wahrscheinlich unmittelbar nach dem Einweihungstage haben die Professoren ihre Vorlesungen aufgenommen. Zum Gedächtnis an das vollbrachte Werk aber ließ der Herzog eine goldene Schaumünze mit seinem Bilde prägen; als Aufschrift bestimmte er dafür die Worte „Pax multa diligentibus legem tuam, domine" d. i. „Großen Frieden haben, o Herr, die, welche Dein Gesetz lieben" — ein deutlicher Wink dafür, in welchem Geiste der Fürst die Universität geleitet wissen wollte. Wenn man heute auf die Geschichte der Hochschule Immanuel Kant's, des Astronomen Bessel, des Historikers Johannes Voigt, des Philologen Lobeck und zahlreicher anderer Gelehrten von hohem Ruf zurückblickt, so besteht für uns moderne Betrachter kein Zweifel, daß Albrechts Stiftung nicht blos für die Pflege der Kultur im äußersten Osten Deutschlands, sondern für die Wissenschaft überhaupt von reichem Segen gewesen ist und noch heute ist. Leider hat der edle Fürst selbst, solange er lebte, davon wenig gesehen. Zwar standen die Leistungen der Professoren und ihrer Studenten gewiß auf der Höhe anderer Universitäten; aber der Friede, welchen der Herzog gewünscht, wollte nicht in die Hallen des Kollegiums einziehen; gegenseitige Eifersucht und Rechthaberei der Lehrer unter einander schädigten die Wirksamkeit der Hochschule empfindlich. Wie oft hat sich der Herzog bemüht, Frieden zu stiften! Er selbst hatte in Voraussicht solcher Zustände ausdrücklich einen Artikel „de tuenda concordia", „die

Eintracht aufrecht zu erhalten", in die seit 1546 geltenden Statuten der Universität aufzunehmen befohlen; und durchblickt man die uns erhaltenen Schriftstücke, welche zwischen dem Herzoge und den Professoren gewechselt sind, so erscheint der Fürst fast immer ruhig, geduldig, wohlwollend und jedenfalls erheblich verständiger als die Lehrer, und es kam vor, daß er ihnen drohen mußte wie ungezogenen Knaben. Die Hauptschuld an dem Unfrieden fiel anfangs auf Sabinus, später unter anderen Verhältnissen auf Osiander. Sabinus hatte sich nämlich in den großen Verhandlungen mit dem Herzoge eine Sonderstellung ausgemacht, indem er das Rektorat als ein immerwährendes Amt erhielt; dadurch aber waren seine Kollegen vom Rektorat ausgeschlossen, während doch auf allen anderen Universitäten ein Wahlrektorat bestand, so daß jeder Kollege zu der Ehre gelangen konnte, welche in Königsberg dem Sabinus allein vorbehalten war. Dazu kam seine schwer zu ertragende Eitelkeit und ein Maß von Selbstsucht, das ihn im näheren Verkehr unbeliebt machte. Schließlich blieb nichts anderes übrig, als daß Sabinus sein Rektorat niederlegte, und der Herzog mit Beginn des Wintersemesters 1547 das Wahlrektorat mit regelmäßigem Turnus der vier Fakultäten anordnete; die erste Wahl fiel auf den Theologen Staphylus. So war wenigstens ein Streitpunkt beseitigt. Ungleich verhängnisvoller aber wurde für Universität, Kirche und Staat die Wirksamkeit Osianders in Preußen.[38])

Wir kennen den Nürnberger Reformator als Albrechts „Vater in Christus"; der Herzog wußte sich dem Manne, welcher ihm das Verständnis des Evangeliums erschlossen hatte, zu bleibendem Danke verpflichtet. Als dieser daher am Ende des Jahres 1548, um nicht zu Gunsten des halbkatholischen Augsburger „Interims" seine protestantische Ueberzeugung zu brechen, in Nürnberg Amt und Brot aufgegeben und von Breslau aus dem Herzoge seine Dienste als Prediger, Lehrer oder Schreiber angetragen hatte, nahm ihn Albrecht bereitwilligst nicht blos als ersten Stadtpfarrer in Königsberg auf, sondern verlieh ihm auch die damals vakante einzige ordentliche Professur der Theologie an der dortigen Universität. So ward ein Doppelamt mit doppelter ordentlicher Besoldung einem Fremdling übertragen, welcher bis dahin dem

preußischen Lande unbekannt geblieben war, während sich andere
Kirchen- und Schulmänner im preußischen Dienste bewährt hatten,
einem Manne, der nicht einmal einen akademischen Grad besaß,
so daß seine Universitätskollegen ihn als blos „pastoralen Lector"
über die Achsel ansahen, während gleichzeitig allein unter den
Theologen Königsbergs drei in Wittenberg promovierte Doktoren,
Brießmann, Hegemon und Jsinder, in Königsberg wirkten. Nun
trat aber dieser Mann noch dazu mit einer Anmaßung auf, als
müßte er überhaupt erst den abgelegenen Sarmaten das Ver=
ständnis des Evangeliums erschließen, während sich doch die Kirche
des preußischen Landes seit 25 Jahren auf Grund der Witten=
berger Theologie aufs beste organisiert hatte. Man mag, wie
das neuerdings vielfach geschehen ist, Osiander als den einzigen
systematischen Denker unter den lutherischen Theologen des sechs=
zehnten Jahrhunderts feiern, für die preußische Kirche ist sein
Wirken und der Einfluß seiner Partei nur verhängnisvoll ge=
worden; denn die Reformation Preußens war abgeschlossen, als
er in das Land kam; mit dem Beginn des nach ihm genannten
Streites aber begann eine Episode der Deformation der preußischen
Kirche, nach deren Ablauf man wieder auf den Zustand der Kirchen=
ordnung von 1544 zurückgreifen mußte, damit sich das Land
wittenbergisch=lutherisch weiter entwickeln konnte. Zur Verherr=
lichung des Herzogs dienen diese Ereignisse freilich nicht; ja weil
er seiner Dankbarkeit kein Ziel setzte, so trifft ihn sogar die Haupt=
schuld des Unglücks jener Jahre; darum müssen wir, soweit er
selbst dabei beteiligt war, näher auf sie eingehen. Wir treffen
hier im Bilde des edlen Fürsten auf den dunklen Punkt, welcher
das Urteil der Nachwelt über ihn leicht trüben kann und getrübt
hat. Um den Fürsten trotzdem gerecht zu beurteilen, ist es vor
allem nötig, den rechten geschichtlichen Standpunkt dabei ein=
zunehmen. Gesetzt, Albrecht wäre, als der osiandristische Streit
begann, von hinnen geschieden, so würde kein Mensch darüber
zweifeln, daß er ein großes Lebenswerk vollbracht habe; denn die
Gründung des preußischen Staates, die Organisierung seiner
Landeskirche und die Errichtung der Hochschule, welche beiden
dienen sollte, waren vollendete Thatsachen. Albrecht zählte damals
sechzig Jahre; er hatte sich ausgelebt, früh ausgelebt; jetzt ließ er

sich leiten, und Staat und Kirche gerieten in große Gefahr. Aber die Schwäche seines Greisenalters darf uns nicht hindern, das Lebenswerk des jugendkräftigen Mannes zu bewundern; das bleibt als Thatsache bestehen, obgleich wir auf den Greis Albrecht mit Wehmut blicken. In aller Kürze davon soviel, als es den Herzog selbst betrifft.

In Abweichung von der zu Wittenberg üblichen Lehrweise hatte Osiander an der Universität Königsberg unter Rechtfertigung des Sünders von Seiten Gottes nicht sowohl die dem Sünder um Christi willen zuteil gewordene Sündenvergebung, als vielmehr die darauf folgende mystische Einwohnung Christi oder des göttlichen „Wortes" im gläubigen Sünder verstanden und daher die Formel aufgestellt: Christus ist unsere Gerechtigkeit nur nach seiner göttlichen Natur. Sobald erst Schlagworte im Umlauf waren, kam es zur Bildung von Parteien, und bei der Gunst, welche Osiander bei Hofe genoß, steigerte sich die Feindschaft gegen ihn und seinen Anhang aufs heftigste. Vom theologischen Katheder pflanzte sich der Streit in Kirche und Gesellschaft fort. Es kam zu den ärgerlichsten Scenen; Streitschriften, Pasquille, Spottgedichte trafen von beiden Seiten die jedesmaligen Gegner; Osiander aber beherrschte den Hof, zumal dort der Leibarzt Andreas Aurifaber und der Hofprediger Johann Funk seine Partei nachdrücklich vertraten. Während außerhalb Preußens sein Standpunkt fast durchgängig verworfen wurde, hielt der Herzog desto zäher daran fest, und nach dem frühen Tode Osianders (1552) wies der Fürst sogar dessen Hauptgegner Mörlin, Pfarrer am Dom, aus dem Lande; andre wie Sabinus zogen freiwillig weg; Funk aber, Beichtvater und geheimer Rat des Herzogs, beherrschte die Kirche und — das Land. 1558 wurde durch die herrschende osiandristische Partei eine veränderte Kirchenordnung eingeführt, in welcher die Gegner sogar eine Hinneigung zum Calvinismus sahen. Ein tief gehender Mißmut verbreitete sich im Lande, und bei Hofe fühlten sich Männer des höchsten Adels zurückgesetzt gegen Fremdlinge, unter denen sich ein Abenteurer, Paul Skalich aus Agram, als „Markgraf von Verona" 1562 das Vertrauen des alternden und (1563) durch einen schweren Schlaganfall geschwächten Herrn erschwindelt hatte. Da diese Nebenregierung unter Mißbrauch des herzoglichen Namens große Summen Geld dem Lande abzupressen verstand, so erreichte die Erbitterung schließlich einen so hohen Grad, daß die preußischen Landstände den polnischen König als Oberlehnsherrn um eine Untersuchung der unerträglichen Lage baten. In dessen Auftrage erschien daher im August 1566 eine polnische Kommission, welche drei im Amte stehende Räte des Herzogs und dessen Hofprediger Funk dem Gericht zur Aburteilung übergab. Der Ausgang des Prozesses war die Hinrichtung des Hofpredigers und zweier herzoglicher Räte am 28. Oktober 1566 auf dem kneiphöfschen Markte zu Königsberg. Man kann zwar dem unglücklichen Theologen direkt staatsverbrecherische Handlungen nicht nachweisen; aber da er sich selbst unaufhörlich in Geldverlegenheiten befand, und als Schatz= meister der auch stets geldbedürftigen Herzogin fungierte, so hat er wohl in Geldsachen seine Hand im Spiele gehabt; jedenfalls war er aber als Beichtvater des ihm unbedingt ergebenen Fürsten für dessen Begünstigung jener Nebenregierung moralisch mit ver= antwortlich gewesen.[39]) Im Lande Preußen wurde darauf in Lehre, Verfassung und Kultus der Zustand, wie er vor Osianders Eintreffen bestanden, prinzipiell wieder hergestellt; dazu wurde 1.) in einer Bekenntnisschrift („Repetitio corporis doctrinae ecclesiasticae") aus den lutherischen Symbolen und aus Schriften Luthers eine „Wiederholung der rechten christlichen Kirchenlehre" aufgestellt (1567); sodann 2.) in einer Urkunde unter dem Titel „Von Erwählung der beiden Bischöfe Samland und Pomesanien, im Herzogtum |Preußen" die bischöfliche Verfassung aufs neue befestigt, und Mörlin mit der samländischen, Wigand mit der pomesanischen Bischofswürde betraut (1568); endlich 3.) in einer „Kirchenordnung" (1568) der Kultus nach Maßgabe der im Jahre 1544 angenommenen aufs neue geregelt oder vielmehr in die be= währten früheren lutherischen Bahnen zurückgelenkt. Die Zeit heftiger Erschütterungen war vorüber; Preußens junges Staats= und Kirchenwesen war gerettet; Albrechts Lebenswerk, an welchem er einst 25 Jahre in voller Manneskraft gearbeitet, hatte den Sturm überdauert; das hat der greise Herr wenigstens noch er= leben dürfen.

Dieses Lebenswerk des Fürsten, wie wir es bisher überschaut, kann man auch, abgesehen von seiner politischen und kirchlichen Bedeutung, in seinem Werte für die Entwicklung der deutschen Kultur überhaupt würdigen; deutsch durch und durch, mußte es besonders der Pflege deutschen Geistes im Osten zugute kommen. Aber die Bevölkerung des Herzogtums Preußen war keineswegs eine einheitliche, sondern setzte sich aus Völkersplittern verschiedener Sprachstämme zusammen. Die Deutschen, welche mit den Ordensrittern seit dem 13. Jahrhundert eingezogen waren, Kolonisten aus verschiedenen deutschen Gauen, bildeten an Kopfzahl die Majorität, jedenfalls in den Städten. Nun wohnten aber von den altpreußischen Ureinwohnern, den „Pruzen", noch Reste im Samlande und in der Landschaft Natangen, zwar äußerlich dem Orden und der katholischen Kirche unterworfen, in Denkweise und Lebenssitte aber noch heidnisch wie ihre Väter. Oestlich und nördlich von ihnen finden wir Litauer angesiedelt, ein „armes, elendes, unwissendes Volk", wie der Herzog sie nennt, ohne geordnete Gemeindeverhältnisse, wahrscheinlich von Viehzucht dürftig sich nährend, in der Niederung der Memel-Mündung, in den Bezirken Tilsit, Ragnit und Insterburg. Der ganze Süden des Landes, der an das mittelalterliche polnische Herzogtum Masovien grenzte, war von Polen bewohnt, die „Masuren" hießen, unter den „Undeutschen" der gewichtigste Bestandteil, dessen Stärke man nach dem Umstande bemessen mag, daß noch gegenwärtig, nach einem dreihundertjährigem Germanisierungs-Prozesse, etwa 280 000 Masuren in Ostpreußen gezählt werden. Dazu kamen seit 1548 zugezogene böhmische Kolonisten, welche um ihres Glaubens willen ihr Vaterland hatten verlassen müssen und jetzt von Albrecht in Preußen aufgenommen wurden. Diese Emigranten kamen bereits als Evangelische; aber für die im Lande ansässigen „Undeutschen" mußte erst noch alles geschehen, um sie zu evangelisieren oder, besser gesagt, überhaupt erst zu Christen zu machen. Am ersten konnte Albrecht den preußischen Polen helfen, indem er begabte Nationalpolen evangelischer Gesinnung in Preußen aufnahm und auf wichtige Predigerstellen beförderte. So berief er seit 1537 den Krakauer Johann Malecki von Sandatz als Erzpriester oder Superintendent nach Lyck, wo dieser neben seinem Pfarramte das Geschäft des Buchdruckers betrieb und als Vermittler evangelischer

Litteratur in polnischer Sprache kulturgeschichtlich eine einzigartige Bedeutung hat; Johann Seclutian, ein polnischer Flüchtling, wurde polnischer Prediger in Königsberg; Andreas Samuel, einst Dominikaner in Posen und daselbst wegen lutherischer Ketzerei zum Tode verurteilt, wirkte jetzt (seit 1544) als Pfarrer in Gilgenburg und Passenheim; Martinus Gloso, einst Professor in Krakau, wurde Pfarrer in Johannisburg. Diese Männer haben die Evangelisierung der preußischen Polen eingeleitet, und von dem, was sie mit der Feder geleistet, haben wir wenigstens noch ein Denkmal, den polnischen evangelischen Katechismus des Maletius vom Jahre 1546, in der evangelisch-polnischen Litteratur, die wir kennen, wohl das älteste uns erhaltene Werk.[40]) So wurden die Masuren evangelisch, ohne ihre polnische Muttersprache aufgeben zu müssen, und bis in unsere Gegenwart herein sind sie polnisch-evangelisch geblieben, während in Folge der jesuitischen Gegenreformation im heutigen Westpreußen und Posen die Bezeichnungen Pole und Katholik, Deutscher und Protestant als gleichbedeutend gebraucht werden, wodurch nicht blos auf kirchlichem, sondern auch auf politischem Gebiete Verwirrung angerichtet wird. Gleichzeitig mit seinen Bemühungen um die Evangelisierung der preußischen Polen sorgte der Herzog für die religiöse Unterweisung der altpreußischen Ureinwohner, indem er den Katechismus Luthers in die altpreußische Sprache übersetzen ließ; 1545 erschien zu Königsberg die erste, in demselben Jahre noch eine korrigierte zweite Bearbeitung desselben, der dann 1561 noch eine neue Uebersetzung folgte. Was der deutsche Orden nicht gethan, leistete Albrecht, indem er den preußischen Ureinwohnern die Anfangsgründe christlicher Erkenntnis in ihrer Muttersprache beibrachte. Da seitdem die „Pruzen" ausgestorben sind, so sind diese Katechismen für den Sprachforscher die wichtigsten, fast einzigen Zeugen ihrer sonst schriftlosen Sprache, welche in der Familie der lettischen Völkergruppe einst eine wichtige Stelle einnahm. Auch die Litauer erhielten auf Albrechts Befehl durch ihren in Königsberg studierenden Landsmann Martin Mosvidius im Jahre 1547 einen litauischen Katechismus; er ist das älteste litauische Schriftwerk in Prosa. So hat also Herzog Albrecht das Evangelium nicht blos in der deutschen, sondern auch in drei andern Sprachen verbreiten lassen.

Wir haben bisher Albrechts öffentliches Wirken für die Reformation in Preußen überschaut. Richten wir unsern Blick noch auf sein Privatleben, das in gewisser Hinsicht auch reformatorische Bedeutung hat. Es ist bekannt, daß Luthers Verheiratung eine reformatorische That war, nicht weil er in seiner Person einen Mönchsroman hätte mit einer Verheiratung schließen lassen wollen, sondern weil er der Ehe und dem Familienleben die ihm nach Gottes Ordnung zukommende Stellung zurückeroberte; indem er mit einer mehr als tausendjährigen unevangelischen Tradition brach, schuf er über Ehe und Familienleben uns Evangelischen die öffentliche Meinung, welche jetzt bei uns gilt. In kleinerem Rahmen vollzog sich Aehnliches in Preußen, als der frühere Hochmeister des Deutschen Ordens sich anschickte, Luthers Rat von 1523 vollständig zu erfüllen und — „ein Weib zu nehmen." Seine Erwählte war die dänische Königstochter Dorothea, mit welcher er sich am 1. Juli 1526 auf dem Schlosse zu Königsberg feierlich vermählte. Er that diesen Schritt im vollen Bewußtsein der Nichtigkeit des Cölibatgelübdes. Nachdem er „den Orden, der von Menschen erdichtet sei, abgelegt" habe, wolle er sich, schrieb er seinem Bruder Kasimir, „in einen andern Orden, der von dem Herrn selbst eingesetzt und jedermann gemein und ehrlich ist, begeben"; er meinte den ehelichen „Orden", welchen der Schöpfer selbst gestiftet hat. Daß dieser Schritt für Albrecht selbst ein Wagstück war, liegt auf der Hand; es war nicht unmöglich, daß ihm von Seiten der altgläubigen Partei aus der Umgebung Karls V. oder Sigismunds I. Schwierigkeiten bereitet würden; denn daß jetzt in das hohe Schloß zu Königsberg ein Weib einziehen und Hof halten sollte, mußte den katholischen Potentaten das schwerste Aergernis bereiten. Da ist es nun charakteristisch, daß Albrecht sich Luther von Wittenberg und Heß von Breslau zu Hochzeitsgästen lud. Er fürchtete, daß ihm dabei, wie er an Luther schrieb, „irgend ein trübes Wetter unter die Augen wehen" könnte; „zum Widerstand" dagegen wollte er „Luthers Trostes pflegen"; und dem Dr. Heß, dem fränkischen Landsmann, damals schon evangelischen Prediger in Breslau, sprach er die feste Hoffnung aus, daß er sich „so viel Zeit nehmen und Wege suchen werde, sich zu ihm zu begeben, damit, ob der Teufel wollte überhand nehmen, wir zu einem Troste Euch und andere an der Hand hätten." [11]) Zum Glück trafen die Befürchtungen nicht ein; die Hochzeit, die erste auf dem Königsberger Schlosse und die erste evangelische Hohen= zollern=Hochzeit überhaupt, verlief ohne Zwischenfall, und der Umstand, daß kein einziger Fürst dazu in Person erschien, wurde stillschweigend getragen. Man feierte unter sich: vom 1. Juli 1526 an, wo Bischof Polentz das hohe Paar traute, bis zum 4. Juli fanden in Königsberg frohe Feste statt. Der Herzog zählte damals 36, die Braut nahezu 22 Lebensjahre. Eine gleich= zeitige Schaumünze, zur Erinnerung an die Vermählung geprägt, zeigt das junge Paar: den Herzog in jugendlicher Manneskraft mit schönem, menschenfreundlichem Antlitz, sein Auge männlich blickend und doch voll Schmelz, das Haupthaar dicht und stark, den Bart voll und gepflegt, den Oberkörper mit strahlender Rüstung angethan — im ganzen unvergleichlich schöner als das viel ver= breitete Brustbild, welches die Universität Königsberg in ihrem Wappen führt und das nach alter pietätvoller Sitte in Ost= preußen jeder Gymnasial=Abiturient während seiner „Mulus= Zeit" an der Mütze trägt; neben dem Herzoge die Herzogin, von Angesicht nicht gerade schön, aber ungemein freundlich, die Züge kräftig, das Auge klug und gewinnend, Mund und Kinn energisch; die etwas aufwärts gebogene Nasenspitze vergißt man über dem treuherzigen Ausdruck. Die junge hohe Frau ist dem preußischen Land eine evangelische „Elisabeth von Thüringen" geworden. Schon vor ihrer Vermählung war sie innig fromm gewesen; mit dem ersten Liebesbriefe vom 18. Februar 1526 aus Flensburg hatte sie ihrem Bräutigam als Gegengeschenk für eine kostbare Gabe, die er ihr geschickt, eine Nachbildung der Dornenkrone Christi gesandt, „einen geringen Dornenkranz", wie sie mit eigener Hand schreibt, für den Fürsten ein tiefsinniges Symbol. Jetzt ging sie ganz auf Albrechts Denken ein, und die Ehe beider wurde ein Muster evangelisch=frommen Familienlebens. Dorothea sah in Albrecht nicht nur ihren „Herrn und Gemahl", sondern fand in ihm auch den Vertrauten ihrer Seele, ihren Berater und Seel= sorger, ihren „einzigen Trost und Hoffnung nächst Gott." Rührend ist es zu lesen, mit welcher peinlichen Sorgfalt er sie evangelisch beten lehrte, als sie sich in Anfechtungen fühlte. Mit eigener Hand schrieb er für sie aus Worten des Apostels Paulus folgendes Gebet:

„Vor dir, Herr, allmächtiger gütiger Gott, der Du bist ein Vater unsers Herrn Jesu Christi und von welchem alle Sippschaft im Himmel und auf Erden genannt wird, beugen wir Armen unsere Knie und mit ganzem Fleiß bitten [wir Dich], daß Du uns nach dem Reichtum Deiner Herrlichkeit gebest, daß wir mit gewaltiger Kraft gestärket werden durch Deinen heiligen Geist zu dem innerlichen Menschen, daß Jesus Christus wohne durch den Glauben in unserm Herzen, daß wir in der Liebe eingewurzelt seien und gegründet, daß wir möchten begreifen mit allen Heiligen, welches sei die Länge und Breite, die Tiefe und die Höhe, möchten auch erkennen die Liebe Christi, die sonst alle Erkenntnis übertrifft, und also erfüllet werden zu aller Fülle Gottes. Amen."

„Dieses Gebet schicke ich auch Euren Liebsten darum", bemerkt er dazu, „daß sie sich damit in Ihren Anfechtungen trösten und stärken möge rc. und in solchem mit erstem zu Gott rufen; denn er ist allein all' unsere Stärke und Trost rc." Ein anderes Mal übersandte er ihr eine Erklärung des Vaterunsers, um welche sie ihn gebeten hatte; er hatte sie aus der heiligen Schrift selbst ausgezogen zu ihrer täglichen Uebung, wenn sie das Vaterunser bete, und damit sie aus heiliger Schrift sich der Anfechtungen des Todes erwehren könne.[42]) So ist Dorothea, die katholisch erzogen war, zu evangelischer Frömmigkeit angeleitet worden, und sie hat mit ihrem Gatten in innigster Herzensgemeinschaft gelebt, bis sie am 11. April 1547 „wie ein Kind Gottes sanft entschlief."
An Trübsal hat es beiden nicht gefehlt: von ihren sechs Kindern (vier Töchtern und zwei Söhnen) überlebte nur eines, eine Tochter, die Mutter und den Vater. Als Pflegerin der Armen und Kranken, nicht unerfahren in Arzeneikunde und Kräuterkenntnis, auch bei Gründung der Universität voll Teilnahme für bedürftige Studenten, genoß Dorothea im Lande allgemeine Verehrung. Daß eine solche fürstliche Ehe mit ihrem glücklichen Familienleben in dem bis dahin durch den Cölibat der Ritter sittlich herabgekommenen Lande von heilsamstem Einflusse sein mußte, liegt auf der Hand: sie wirkte selbst im besten Sinne des Wortes refor-

matorisch. Die zweite Ehe, welche Albrecht im Jahre 1550 nahezu 60jährig mit Anna Maria von Braunschweig schloß, können wir hier übergehen; er ist sie nur eingegangen, weil er aus erster Ehe keinen männlichen Leibeserben hatte und doch gern sein Erbherzogtum einem eigenen Sohne übergeben wollte. Den Sohn hat er nun zwar von Anna Maria bekommen, aber einen „blöden", und auch sonst war die Ehe voll Unglück, hauptsächlich, weil die Herzogin zu ihrem Gemahl nicht paßte; weder in Gesinnung noch in Lebenszielen harmonierte sie mit ihm; ihrer ganzen Person fehlte die fürstliche Vornehmheit, und für die geschichtliche Stellung ihres Gemahls hatte sie kein Verständnis. Fast freudlos gingen ihrer beider Lebenswege neben einander her, bis sie 1568 starben, beide an einem Tage, aber an verschiedenen Orten; im Leichenzuge erschienen sie wieder vereint. Und der Sohn, der spätere „blöde Herr", schritt hinter den Särgen von Vater und Mutter zugleich — ein furchtbar traurig stimmendes Bild! — Lassen wir es; es hat mit der Reformation Preußens, mit Albrechts reformationsgeschichtlicher Persönlichkeit nichts zu thun.[43])

Wir haben Albrechts Wirken in seinem eigenen Land verfolgt; aber sein religiöses Denken und sittliches Streben war nie durch die Grenzen seiner Landeskirche abgeschlossen; er hat immer ökumenischen Sinn bewiesen. Wie er sein Werk im Einverständnis mit den Reformatoren begonnen, so blieb er auch in reger Geistesgemeinschaft mit ihnen und hat sie selbst und ihr Werk nach Kräften unterstützt; im Kreise seiner zahlreichen Verwandtschaft sodann, im Fürstenhause der Hohenzollern, hat er wie ein Evangelist gewirkt; endlich hat er die politische Stellung des Protestantismus, so weit er es aus der Ferne konnte, mit Rat und That gestärkt. Es sind mannigfache Beziehungen, in welchen er so nach außen wirkte. Gehen wir, um ein vollständiges Bild seiner reformatorischen Wirksamkeit zu gewinnen, ihnen näher nach! Wir fassen zuerst die Beziehungen Albrechts zu den Führern der reformatorischen Geistesarbeit, zu den Reformatoren und sonstigen protestantischen Gelehrten, in's Auge.

III.

„Dieses Markgrafen milde Hand hat so weit gereicht, daß

es wenige Universitäten giebt, welche sie nicht gefühlt haben;" so hat man rühmend von ihm mit Recht berichtet,[44]) und zwar war es zunächst die Universität Wittenberg, welche seine Gunst spürte. Im Vordergrunde seiner Beziehungen dahin steht sein Verhältnis zu Luther. Zwar war dabei der Reformator der geistig gebende, wie denn Albrecht in ihm seinen „Bischof, Papst und Vater" verehrte; aber auch Luther ging dabei nicht leer aus; denn was in Preußen vorging, mußte ihn mit Freude erfüllen. Mit Bewunderung und Ehrerbietung hatte er 1524 und 1525 Polentz' bischöfliches Walten Schritt für Schritt verfolgt und nicht bloß an der Evangelisierung des Ordenslandes lebhaft Anteil genommen, sondern auch der politischen Umwandelung desselben das Wort geredet. Indem er schon 1525 erlebte, daß das Evangelium wie durch ein Wunder mit vollen Segeln nach Preußen eilte, hier unter Führung des Fürsten und der Bischöfe ein evangelisches Kirchenwesen schuf und das öffentliche Leben in Staat und Gemeinden umzugestalten begann, muß ihm die preußische Reformation wie ein Siegel auf sein Werk erschienen sein; und wie hätte das anders als ermutigend auf ihn wirken können! Zeuge deß ist die schwungvolle Widmung seiner Erklärung des fünften Buches Mose's an den Bischof Polentz vom Jahre 1525, worin er den Siegeslauf des Evangeliums in den eben gebrauchten Worten preist. Und bis an seinen Tod durfte Luther erfahren, daß Preußen seine Domäne war. Albrecht aber hat es an Bezeugungen seiner Dankbarkeit nicht fehlen lassen; manch huldvoller Brief wurde von Königsberg in das Augustinerkloster nach Wittenberg gebracht, wenn Studierende auf Albrechts Kosten dort an der Hochschule zu Luthers und der andern Lehrer Füßen sitzen sollten, oder wenn reitende Boten die Lutherstadt berührten, oder sonst sich Gelegenheit zum Gruß fand; und manche „Verehrung" ist beigegeben worden, etwa ein Pokal oder kostbare Geschenke von Bernstein, dem man Heilkraft zuschrieb, ein Bernsteinlöffel oder eine Bernsteinschnur in Gestalt eines Rosenkranzes, „Paternoster" genannt, und anderes mehr. Bis auf Luthers Kinder und Verwandte erstreckte sich die Freundlichkeit des Herzogs. Luthers Söhnen schenkte er 1538 eine in Wittenberg für einen preußischen Studenten gekaufte ansehnliche Büchersammlung, um welche Luthers

Frau Käthe durch Philipp Melanchthon den Herzog hatte bitten lassen;[45]) zwei Brüder Käthe's, Johann von Bora und Clemens von Bora, hatte er nach Preußen genommen, und jenem, dem älteren, eine Stellung als Burgvoigt in Memel verliehen. Gegen Ende des Jahres 1545 fand Albrecht Gelegenheit, Luther noch einmal selbst aufzusuchen; am 9. Dezember weilte er (auf der Rückreise von einer Fürstenversammlung) zu Wittenberg, wohin er um Luthers und seiner Gehülfen willen seinen Weg genommen hatte; hier lud er die Reformatoren zu Tisch auf das Schloß und machte ihnen fürstliche Geschenke. Wenige Monate darauf war Luther heimgegangen. Wie tief Albrecht diesen Verlust fühlte, sprach er in einem umfangreichen eigenhändigen Trauerbriefe an den Kurfürsten Johann Friedrich von Sachsen aus. Darin beklagt er „den zu beweinenden Abgang unseres lieben Propheten, ja auch unseres Vaters in Christo, des ehrwürdigen und hochgelehrten Doktoris Martini Lutheri, der einmal billig nicht allein unser Vater und Prophet, das ist, ein trefflicher und treuer Ausleger der heiligen Schrift, sondern auch unser Apostel und Evangelist genennet, weil Gott durch ihn als durch sein sonderliches Werkzeug das klare helle Licht der Wahrheit des Evangeliums zu unsern Zeiten nach der großen gräulichen Finsternis des antichristlichen Papsttums aus lauter Gnade und Barmherzigkeit hat anzünden und leuchten lassen."[46]) Nichts desto weniger ist Albrechts Verehrung gegen Luther keine sklavische gewesen: denn als der Reformator einmal vom Zorn über den Mainzer Erzbischof, „das ungeratene Kind" aus dem Hause Brandenburg, übermannt wurde, hat sich der Herzog nicht gescheut, wiederholt vor Uebereilung zu warnen und zur Milde zu raten.[47]) — Der Pietät Albrechts gegen Luther entsprach sein Verhalten gegen dessen hinterlassene Familie. Als Frau Käthe Luther 1549 wegen Erziehung und Versorgung ihrer Kinder in Verlegenheit war, nahm der Herzog ihren ältesten Sohn, Luthers „Hänschen", der damals ein 23 jähriger Jüngling war, nach Königsberg und ließ ihn hier auf seine eigenen Kosten bis 1551 studieren. Ein merkwürdiges Geschick hat es mit sich gebracht, daß derselbe als sächsischer Hofrat, aber in pommerschen Geschäften, auf einer Reise im Jahre 1575 in demselben Königsberg starb und dort beigesetzt wurde.[48]) Heute verkündet auf dem „altstädtischen Kirchenplatze" ein Marmorblock, daß „des großen Reformators ältester Sohn" an dieser Stelle begraben liegt. Gleichfalls in Preußen hat Hänschens Schwester, Margarethe Luther als glückliche Gattin des Herrn Georg von Kunheim zu Mühlhausen nahe bei Königsberg im Jahre 1570 ihre Ruhestätte gefunden; durch sie ist der Lutherstamm in weiblicher Linie in Preußen fortgepflanzt, wo er bis heute noch blüht. Ihr Gatte, vom Herzoge 1550 nach Wittenberg zum Studium geschickt, hatte sie im Hause ihrer Mutter kennen gelernt und sich 1555 mit ihr vermählt. — Auch Melanchthons Lieblingstochter Anna, die erste Gattin des Sabinus, ruht auf preußischem Boden, im Dome zu Königsberg. Sie war mit Sabinus verheiratet gewesen und mit ihm 1544 nach Königsberg gezogen, ein „armes Weib", wie der eigene Vater sie nannte, die als Gattin des eitlen Poeten still duldend tief unglücklich lebte. Seit langer Zeit stand Albrecht in Schulangelegenheiten mit Melanchthon in Briefwechsel: jetzt empfahl dieser sie dem Fürsten und durfte sich von ihm „aller Gnade versehen." Hatte doch Melanchthon selbst in Gemeinschaft mit Camerarius die Wahl des Sabinus bei Albrecht vermittelt und blieb in Universitätsangelegenheiten die eigentliche Autorität für Albrecht, aber auch für den Königsberger Lehrkörper. Er empfahl Professoren zur Anstellung daselbst, und der akademische Senat bezeugte 1547 öffentlich, daß Melanchthon um sie alle, die sie den Wissenschaften lebten, die ausgezeichnetsten Verdienste habe. Oefter gingen Ehrengeschenke an ihn nach Wittenberg, ein silberner Becher, eine Elendshaut, ein Bernsteinlöffel u. dgl. m. Wiederholt trafen ihn auch Einladungen des Herzogs zum Besuche in Preußen, daß „Wir uns", wie einmal Albrechts Worte lauten, „mit Euch allhier in diesem sarmatischen Lande sehen und besprechen mögen."⁴) Wirklich hat sich Melanchthon im schmalkaldischen Kriege im Sommer 1547 von Wittenberg aufgemacht, um über Braunschweig durch das Lüneburgische Gebiet an die nächste Ostseeküste und von da nach Preußen zu gelangen; aber da ihm im Lüneburgischen der Durchzug versagt wurde, sah er sich genötigt, nach Wittenberg zurückzukehren, versprach indeß noch am 21. August dieses Jahres dem Herzoge, nach Königsberg zu kommen, falls die Universität Wittenberg nicht in ihren Ein-

künften neu fundiert werden sollte. Das klingt, als ob Melanch=
thon nicht bloß zu Besuch nach dem „nordischen Rom" habe ziehen
wollen. Nur das Interim hat kurze Zeit auf das zarte Verhält=
nis Albrechts zu Melanchthon einen Schatten geworfen, und am
29. November 1549 sah sich der Herzog gedrungen, ihn eindring=
lich zu mahnen, daß er samt den anderen Herren „bei dem reinen
Worte Gottes und den christlichen Ceremonien bleibe und sich
keineswegs davon abwenden lasse." „Falls es aber zum Gegen=
teil gereichen, und man jetzt das, was vorhin so hoch widerfochten
worden, aus Furcht und um zeitlichen Friedens willen, der doch
nicht erfolgt, annehmen sollte, so habt Ihr als der Verständige
und ein jeder Christ zu bedenken, welch' Aergernis und Zerrüttung
solches erzeugen, welchen Nachteil es der allgemeinen Christenheit
bringen, auch wie es den Uebelmeinenden Mut machen würde.
Wir versehen uns daher, Ihr werdet um Förderung göttlicher
Wahrheit willen Euch durch eine leichte Disputation nicht bewegen
lassen, wodurch Widerwillen entstehen möchte; und obgleich die
Leute Euch anders reden, so habt Ihr Euch doch der Wahrheit
zu trösten."[50]) Durch Osiander ließ sich der Herzog gegen die
Wittenberger Lehrer noch mehr einnehmen. Aber nach dessen
Tode trat wieder ein herzliches Vertrauensverhältnis ein. Selbst
dem Tode nahe, am 15. April 1560, vier Tage vor seinem Heim=
gange, hat Melanchthon dem Herzoge mit innigen Wünschen für
dessen Wohl noch einen Hofprediger zugeschickt, denselben, der dem
Fürsten selbst nach acht Jahren die Augen zudrücken sollte, während
Albrecht, um Melanchthon einen neuen Beweis seiner Verehrung
zu geben, eben den Befehl erteilt hatte, einen Pokal im Werte
von hundert Thalern für ihn als Geschenk anzufertigen. Auf
die Nachricht von dem inzwischen eingetretenen Tode Melanch=
thons sandte er dessen Schwiegersohne Dr. med. Peucer nicht
bloß ein Beileids= und Trostschreiben, sondern verfügte nun auch
über die ausgesetzten hundert Thaler so, daß Peucer die eine, und
Melanchthons Sohn, Philipp, die andere Hälfte empfangen sollte;
gegen den letztgenannten setzte er um des Vaters willen seine
Wohlthätigkeit so weit fort, daß er ihm noch im Jahre 1563
zum Aufbau seines verfallenen Hauses in Torgau hundert Gulden
schenkte.

Zu Albrechts Lieblingen gehörte seit 1537 Johann Bugenhagen, welchen er bei der Krönung seines Schwagers, des dänischen Königs, in Kopenhagen kennen gelernt hatte. Ihm verdanken wir die liebliche Beschreibung des letzten Besuches Albrechts bei Luther im Dezember 1545, und unter den fürstlich geehrten war auch er. Ende 1546, als der Krieg sich nach Sachsen zog, bot Albrecht ihm und seinen Genossen brieflich Schutz in seinem Lande an. „Wir möchten wohl leiden", schrieb er am 29. Dezember 1546, „wenn es göttlicher Wille wäre, daß Ihr hier bei uns und außer dieser Gefahr wäret." Bugenhagen blieb in Wittenberg und schickte im August 1547 eine von ihm verfaßte Geschichte der Kriegsereignisse, die „Historia von unserm Elende und von unserer Erlösung", an Albrecht. In Angelegenheiten von Wittenberger Studenten, für Empfehlung von Predigern und Dozenten und in kirchlichen Fragen, wie sie das Interim hervorrief, hat der Herzog öfter mit ihm brieflich verhandelt, und gelegentlich hat es auch an einem standesgemäßen Geschenke dem Adressaten nicht gefehlt. Albrechts Briefwechsel mit ihm reicht bis 1552, wo ihn der Fürst, wie es scheint, wegen der Interimsstreitigkeiten hat einschlafen lassen. — Fast ungetrübt erscheint der briefliche Verkehr des Herzogs mit dem innigsten Geistesverwandten Melanchthons, dem Humanisten Joachim Camerarius, Professor der Beredtsamkeit in Leipzig. 1535 war der strebsame Nürnberger Schulmann zunächst als Nativitätssteller durch seinen Landsmann Apel, Luthers Freund und Albrechts Kanzler, dem Herzoge empfohlen worden; bald aber wußte Albrecht auch seine pädagogischen Leistungen so hoch zu schätzen, daß er ihm häufig Ehrengeschenke sandte und sich große Mühe gab, ihn nach Preußen für den Schuldienst zu gewinnen. Das hatte nun zwar keinen Erfolg; aber Camerarius erklärte sich nicht bloß bereit, für Lehrer nach Königsberg zu sorgen, obgleich er fürchtete, daß „etliche an Land und Luft Preußens Abscheu haben", sondern schrieb auch 1541, als es sich um die Begründung der dortigen hohen Schule handelte, eigenhändig eine Schulordnung für das gesamte preußische Schulwesen, worin er für den elementaren, den höheren und den akademischen Unterricht einen zusammenhängenden Plan entwarf, mit bestimmten Zielen für die Kinderschule mit Katechismus, Schreiben, Lesen,

Singen bis hinauf zu den freien Künsten und den Wissenschaften der oberen Fakultäten.⁵¹) Als man dann nach Eröffnung der Universität zögerte, Promotionen vorzunehmen, weil die Hochschule weder vom Papste noch vom Kaiser bestätigt, also ihre Promotionen eventuell ungültig seien, gab er gemeinsam mit Melanchthon 1545 den dringenden Rat, das zufällige historische Recht des Papstes und des Kaisers auf Privilegisirung der Universitäten zu ignorieren und Promotionen in Königsberg auch ohne eine solche Autorisierung vorzunehmen; denn Promotionen seien Zeugnisse, die aus gutem Grunde von einer gelehrten Körperschaft ihren Schülern ausgestellt werden könnten. So verfuhr man auch seit 1548, als sich nach Ablauf eines akademischen Trienniums zunächst die Baccalaureatspromotionen nicht länger aufschieben ließen; und auf die Baccalaureate folgten die Magisterpromotionen in der Fakultät der freien Künste; der erste Magister aber wurde Martin Chemnitz, der später hochangesehene Theologe. Als während des schmalkaldischen Krieges Camerarius an Nahrungssorgen litt, nahm der Herzog seinen Sohn Johann als Studenten nach Königsberg und ließ ihn dort, wie später den Sohn Luthers, auf seine Kosten jahrelang studieren, und als der Jüngling im Jahre 1551 nach Hause zog, gab sein fürstlicher Gönner ihm noch das Reisegeld dazu. Der junge Camerarius aber hat ihm wenigstens mit Dank vergolten; denn 1566 trat er als Hofrat in seine Dienste, und der Herzog vermittelte bald auch dessen Verheiratung mit einer Tochter Brießmanns. Noch am 17. September 1567 dankte der alte Camerarius für die seinem Sohne, besonders bei dessen Verheiratung bewiesene Huld.⁵²)

Außerordentlich herzlich gestaltete sich der Briefverkehr zwischen dem Herzoge und Veit Dietrich, dem vielgenannten Nürnberger Prediger und treuen Gehülfen Luthers. Auch ihn hatte Albrecht auffordern lassen, zu ihm nach Preußen zu kommen und, wenn es seine Verhältnisse gestatteten, bei ihm in Dienst zu treten. Dietrich hatte den Ruf abgelehnt, weil er sich seinem Vaterlande nicht entziehen wollte. Zum Dank für das Vertrauen aber, welches der Herzog ihm bewiesen, widmete er ihm eines seiner Hauptwerke, welches 1541 in Wittenberg erschien und alsbald weite Verbreitung fand, die Inhaltsangaben aus dem Alten Testamente mit Nutzanwendungen für Leben und Seligkeit, „Summaria über das Alte Testament" genannt. Der Herzog, dem gerade ein solches Geschenk erwünscht war, dankte nicht bloß durch ein verbindliches Schreiben sondern auch mit einer reichen Ehrengabe an den Verfasser, mit dem er von da an bis an dessen Tod 1549 in regstem Austausch blieb. Veit Dietrich sandte Bücher und Briefe mit „Neuen Zeitungen", wie die Neuigkeiten aus Kirche und Staat damals genannt wurden, und manches schöne Geschenk ging von Königsberg nach Nürnberg, z. B. im Jahre 1543 zwei kunstvoll gearbeitete Paternoster von Bernstein, Perlenschnuren in der Gestalt von Rosenkränzen, die damals aus dem Lande des Bernsteins als Zeichen besonderer Gnade an hoch= stehende oder hochverdiente Personen verliehen wurden, und 1544 folgte ein schöner silberner Trinkbecher. Während des schmal= kaldischen Krieges aber bot ihm der Herzog in rührenden Worten seinen Schutz an. „Sollten Gefahren für Eure Person zu be= fürchten sein, so nehmt Eure Zuflucht zu uns und kommt ohne Scheu nach Preußen", schrieb er ihm am 31. Januar 1547; „wir wollen Euch und den Euren gern mitteilen, was uns Gott verliehen hat." Leider war Veit Dietrichs Gesundheit so stark erschüttert, daß er auf das fürstliche Anerbieten nicht eingehen konnte. Aufs neue lud ihn der Herzog unter dem 13. August 1547 zu sich: „Wenn Ihr Euch zu uns begeben willens wäret, so wollen wir Euch, was uns Gott gegeben, gnädiglich mitteilen und Ihr dürft Euch deshalb nicht besorgen, als wäret Ihr verlassen, sondern möget dessen, wozu wir uns erboten, gewiß gewärtig sein." Im Oktober wiederholte Albrecht sein Anerbieten nochmals. Als er damals hörte, daß Veit Dietrich in bedrängten Verhältnissen lebte, sandte er ihm ein ansehnliches Geldgeschenk, 50 Gulden rheinisch, und als Dietrich 1549 heimgegangen war, erhielt seine Wittwe im Jahre 1550 wieder soviel als Gnadengeschenk zugesandt. „Ich kann mit Wahrheit rühmen", bezeugte Dietrichs Wittwe, „Eure fürstliche Gnaden haben sich nicht allein fürstlich, sondern auch ganz väterlich meiner angenommen."[524] -- Eine sehr herzliche Sympathie verband den Herzog auch mit Georg Spalatin, dem Hofgeistlichen des Kurfürsten Friedrichs des Weisen, in dessen Gefolge er dem Hochmeister schon 1522 auf dem Nürnberger Reichs=

tage begegnet war. Albrecht muß ihm ein ganz besonderes Vertrauen geschenkt haben; denn kaum hatte er die herzogliche Würde angenommen, so bat er schon am 18. April 1525 von Brieg aus auf der Rückreise von Krakau gerade ihn brieflich, ihm einen „tapferen christlichen Prediger", so bald er einen solchen antreffen könne, nach Preußen zu schicken. Im Verfolg dieses Gesuches kam Poliander nach Königsberg. Im Jahre 1540 sandte Spalatin auf Grund seiner genealogischen Forschungen dem Herzoge den Stammbaum des sächsischen Hauses. Albrecht dankte am 4. April 1541 mit Uebersendung eines schönen silbernen Bechers. Von 1541 bis 1543 liegt ein reicher Briefwechsel beider vor. In einem seiner Briefe hatte sich dabei Spalatin so ausgedrückt, daß Albrecht auf die Vermutung kam, er sei nicht abgeneigt, in preußische Dienste zu treten, worauf der Fürst ihm in einem eigenhändigen Schreiben freudige Aufnahme in Preußen in Aussicht stellte. Die Antwort Spalatins, des treuen Dieners dreier Kurfürsten, klärte das Mißverständnis auf, enthält aber zugleich das schönste Zeugnis für Albrecht selbst. „Eure Fürstliche Gnaden sollen es gewißlich dafür achten", schrieb er, „daß ich nächst meinem gnädigsten Herren (dem Kurfürsten) keinen Fürsten dieser Zeit wüßte, dem ich lieber dienen wollte als Euer fürstlichen Gnaden und zwar aus vielen Ursachen, vor allem aber darum, daß Eure Fürstliche Gnaden sich allezeit gegen mich gnädig erzeigt hat nun schon über 18 Jahre: dann auch, daß aus Gottes herrlicher Gnade Eure Fürstliche Gnaden sich Gottes werten Gnadenwortes so treulich angenommen, es bekennen und vielfältig fördern und erhalten helfen; zudem auch, daß ich glaubhaft berichtet werde, daß Eure Fürstliche Gnaden auch mehr als alle andere hohe fürstliche Regenten eine herrliche Liberei (Bibliothek) anrichten, desgleichen mit Historien und alten Geschichten gerne umgehen, welches alles mir hohe Gottesgaben und fürstliche Tugenden sind; überdies auch, daß sich Eure Fürstliche Gnaden mit so herrlicher Gnade, fürstlicher Gunst und Wohlthaten gegen die hochwürdigen beiden Bischöfe Herrn Georg von Polentz und Herrn Paul Speratus, auch Herrn Dr. Johann Heß zu Breslau und Herrn Dr. Brießmann, in Summa gegen alle christliche, hochgelehrte Leute erweisen, welches nicht der geringsten Gaben Gottes eine ist, wofür auch ich, nebst allen andern, denen gött=

liche und andere Schriften und freie Künste lieb sind, Euer Fürstlichen Gnaden billig die demütigste Danksagung thue. Das wird auch ohne Zweifel Gott reichlich und herrlich belohnen." — Wir haben oben Chemnitz erwähnt. Auch er gehört zu den Männern der Reformation, die aus ihrer Dankbarkeit gegen Albrecht kein Hehl gemacht haben. Als Neffe von Sabinus war er in seinem 25. Lebensjahre 1547 nach Königsberg gekommen und 1548 dort Schullehrer geworden. Durch das damals sehr beliebte Geschäft astrologischer Vorhersagungen erwarb er sich als Kalendermacher die Gunst des Herzogs, welcher diesen ersten Königsberger Magister 1550 in die gerade vakant gewordene Stelle eines Bibliothekars an seinen Hof nahm; hier hatte Chemnitz den Tisch bei dem Oberburggrafen und verlebte „die besten Herrentage", bis der Osiandrische Streit ihm den Aufenthalt in Königsberg verleidete, und er 1553 wieder westwärts zog. Von 1554 bis an seinen Tod 1586 gehört sein Wirken der Stadt Braunschweig, deren größter Stadtsuperintendent er geworden ist, und nur einmal noch finden wir ihn in Preußen thätig, als er 1567 nach dem Falle Funks zur Wiederherstellung des echten Luthertums dahin berufen wurde und mit Mörlin für die preußische Kirche die Repetitio corporis doctrinae, ein die lutherische Lehre erneuerndes Glaubensbekenntnis, abfaßte. Aber als er 1565 den ersten Teil seiner berühmten Bestreitung des Trienter Konzils, des „Examen concilii Tridentini", herausgab und dadurch dem Protestantismus seine erste wissenschaftliche Polemik gegen die römische Kirche schenkte, widmete er diesen Anfang seines großen Werkes dem Sohne des Herzogs Albrecht von Preußen, um dadurch seiner Dankbarkeit gegen den Herzog Albrecht und gegen das ganze preußische Land („erga totam Prussiam") Ausdruck zu geben. Wissen wir sonst, aus seiner Selbstbiographie, daß er erst auf der herzoglichen Bibliothek Theologe wurde, hier nach evangelischen Gesichtspunkten die biblischen Bücher las und die zahlreichen Kirchenväter, die er hier vorfand, studierte, so bezeugt er in der Widmung des „Examens" an den „jungen Herrn" Albrecht Friedrich), daß er gerade in Königsberg durch die ihm vergönnte Benutzung der reichen herzoglichen Bibliothek „zum Studium der Sprachen und zum Drange nach Erkenntnis des wirklichen und echten Altertums entflammt" worden sei. „Mit gutem Grunde also führe ich unter schuldiger Dankbarkeit auf die preußische Bibliothek zurück, was immer ich in dieser Art von Studien später vorwärts gebracht habe."[53] Wir haben aus der Zahl derer, die Albrecht unterstützte, nur die bekannteren aufgeführt; leicht ließe sich die Reihe von reformatorischen Persönlichkeiten, denen er mit Gunst zugethan war, um ein beträchtliches vermehren; wir brauchen nur seinen Briefwechsel mit Theologen wie Justus Jonas, Johannes Heß, Andreas Osiander, Caspar Aquila, Caspar Hedio, Wenceslaus Link, Georg Major, Johann Brenz, Paul Eber, Victorin Strigel und anderen oder seinen Briefverkehr mit Juristen wie Georg Vogler, Kanzler in Ansbach, Johann Lohmüller, Syndicus von Riga, und Dr. Johann Apel, Syndicus von Nürnberg, oder mit Medizinern wie Leonhardt Fuchs in Tübingen vorzuführen, um an weiteren Beispielen seine aufrichtige Achtung vor evangelisch-wissenschaftlichen Persönlichkeiten erkennen zu lassen. Echt menschliche Teilnahme an ihrem Ergehen, an Freude und Leid, gewahren wir da und Förderung ihres Lebenswerkes durch Belobigung, durch Geschenke, durch weise Ratschläge, auch durch Worte des Trostes und der Erbauung, wenn es nötig war. Es ist uns unmöglich, hier alle die Geschenke aufzuführen, welche von Königsberg an sie westwärts gesandt wurden. Uebergehen wir die Unterstützungen Darbender — welch' idealer Sinn spricht aus dem Fürsten, der im Jahre 1540 an Caspar Hedio in Straßburg für Uebersendung seiner Uebersetzung der Homilien des Chrysostomus hundert Dukaten Ehrengeschenk schickt, 1548 und 1549 die Kosten der Herstellung der astronomischen Tafeln des Mathematikers Erasmus Reinhold in Wittenberg in der Höhe von „wohl vollen tausend Gulden" trägt und noch kurz vor seinem Tode 1568 für Paul Eber für die Herstellung der sächsischen deutsch-lateinischen Bibel dreihundert Thaler Ehrensold, dazu für Georg Major, welcher das Neue Testament darin bearbeitet hatte, noch hundert Gulden besonders bestimmt! „Wer sollte nicht wünschen, von einem so bedeutenden und frommen Fürsten geliebt zu werden!" rief der Mediziner Leonhard Fuchs 1556 aus Tübingen in einem Privatbriefe an Aurifaber aus. Er hatte schon 18 Jahre vorher dem Herzoge ein Werk gewidmet und dafür einen vergoldeten Pokal als Ehrengeschenk erhalten; aber die Worte, welche er dabei dem Herzoge schrieb, sind ein neues Zeichen der Achtung, welche Albrecht in Gelehrtenkreisen genoß. „Es sollen Eure Fürstliche Gnaden mich nicht für den halten, der durch Schmeichelei Gnade bei derselben erlangen möchte, sondern wo ich nicht gewußt hätte, daß Eure Fürstliche Gnaden von Gott mit so großen Tugenden begabt wären, so würde ich solches nimmermehr geschrieben haben. Darum sollen es Eure Fürstliche Gnaden nicht beschwerlich annehmen, sondern vielmehr in solchen Tugenden beharren und immer je mehr und mehr darin aufwachsen, damit Gott in Euren Fürstlichen Gnaden möge gerühmt und gepriesen werden."[54]) Ein hochherziger, von allen Vorurteilen freier, weitblickender Protektor der Gelehrten, so steht Albrecht in seinem Verkehr mit ihnen vor unserem Blicke da; sein Fürstentum ist nur der feste Punkt, von dem aus er der Wahrheit und ihrer Wissenschaft überhaupt dient. In demselben idealen Sinne sorgte er für die Heranbildung eines wissenschaftlichen Nachwuchses. Zahlreiche Studierende aller Fakultäten hat er in Wittenberg auf seine Kosten studieren lassen; allein aus den Jahren 1540 und 1541 sind uns zehn solcher Stipendiaten bekannt, welche gegen ein zunächst durchschnittlich auf zwei Jahre verliehenes Stipendium von jährlich vierzig Thalern (so viel brauchte ein Student damals in Wittenberg) sich durch Revers verpflichteten, nach Ablauf dieser Zeit in preußischen Diensten als Prediger, Lehrer oder in anderen Aemtern auf Befehl des Herzogs sich nützlich zu machen. Jünglingen aus vielen deutschen Gauen wurde so durch die Fürsorge des edlen Fürsten der Weg zu idealer Arbeit und hohen Ehren gebahnt. Da wirkte z. B., um nur ein Beispiel anzuführen, ein hoffnungsvoller Philologe aus Breslau, Andreas Goldschmidt oder Aurifaber, wie er sich nannte, der in Wittenberg studiert hatte, in Danzig und darauf in Elbing als Schulmeister im Geiste Melanchthons, aber aufgeschlossen für das Studium der Naturwissenschaften. Durch Bischof Speratus in Marienwerder dem Herzoge Albrecht empfohlen, entschließt sich dieser, aus ihm sich einen wissenschaftlich geschulten Leibarzt heranbilden zu lassen. Zu diesem Zwecke setzte er ihm 1542 (am 23. Juli) ein ganz außergewöhnlich hohes Stipendium von

500 Mark aus mit der Verpflichtung, davon drei Jahre Medizin zu studieren, und zwar ein Jahr in Wittenberg, zwei Jahre aber in Welschland; nach Ablauf dieser Zeit solle er dem Herzoge zehn Jahre als Leibarzt dienen (natürlich gegen das entsprechende hohe Gehalt, das ein Mann in dieser Vertrauensstellung erwarten durfte). Aurifaber zog darauf hin 1542 nach Wittenberg, studierte, wie wir annehmen dürfen, wacker, aber da er sich daselbst mit einer Tochter des Buchdruckers Hans Luft verheiratet hatte, kam der Herbst 1543 heran, und — Aurifaber war noch immer nicht in Welschland; ja, er wußte sich sogar die Fürsprache Luthers, Bugenhagens, Camerarius' und Melanchthons zu verschaffen, daß sie am 8. Oktober 1543 an Albrecht schrieben, man könne jetzt an den Universitäten Leipzig und Wittenberg bei etlichen Doktoren die Medizin eben so gut studieren wie bei den Italienern; sie hätten auch bei sich selbst gedacht, daß es aus vielen Ursachen besser und nützlicher sei, daß Magister Andreas nicht nach Italien ziehen, sondern bei seiner Hausfrau und seinen Kindern bleiben sollte; denn sie seien beide jung, und wie die Sitten in Italien seien, das sei ja unverborgen. Trotz dieser schwerwiegenden Fürbitte antwortete der Herzog am 30. November 1543, daß Aurifaber wenigstens ein ganzes Jahr in Welschland die anatomische Praxis studiere, da er in Deutschland keine so gute Gelegenheit dazu habe wie dort. Da half denn kein Ausweichen mehr: von Sommer 1544 bis Sommer 1545 studierte Aurifaber auf Albrechts Kosten in Padua Medizin. Vom Herbste 1545 an aber „diente" er seinem hohen Gönner nicht bloß zehn Jahre lang, sondern darüber hinaus, bis ein Schlaganfall 1559 seinem ungemein thätigen Leben ein frühes Ziel setzte. Als hochbegabter Dozent hat er an der Universität Königsberg eine Doppelprofessur für Medizin und Physik verwaltet, dem herzoglichen Hofe aber und der Königsberger Bevölkerung als Arzt unschätzbare Dienste geleistet; während der schrecklichen Epidemie 1549, der seine Gattin erlag, wirkte er als ein Engel des Trostes für Leidende und Sterbende, als in einer einzigen Woche in Königsberg bei vielleicht etwa 5000 Einwohnern einmal 696 begraben wurden![55] Die Lebensarbeit eines solchen Mannes ist eine Frucht der Fürsorge Albrechts, nur eine von vielen. — Man rühmt am Kurfürsten Friedrich

dem Weisen den besonderen Akt der Milde gegen Luther, daß er im Jahre 1512 die Kosten von Luther's Doktor-Promotion trug. Wie oft hat Albrecht Aehnliches gethan! Allein in den Jahren 1544 bis 1550 ließ er in Wittenberg den Littauer Rapagelanus, den Franken Hegemon, den Schlesier Jsinder und den Preußen Venediger auf seine eigenen Kosten als Doktoren der Theologie promovieren; zunächst, um an seiner Hochschule Männer thätig zu wissen, welche an anerkannter Gelehrsamkeit keinem ihrer Kollegen nachständen; im weiteren hat er aber durch solche Beweise seiner Huld den wissenschaftlichen Sinn in protestantischen Gelehrtenkreisen überhaupt mächtig gehoben. Nie merkt man dabei, daß er aus Liebhaberei die Gelehrten an sich gezogen hätte; er achtete sie und den Wert geistiger Arbeit überhaupt, darum unterstützte er sie, und das um so bereitwilliger, weil er sich der Mängel seiner eigenen Bildung wohl bewußt war. Im Jahre 1534 hatte Luther für einen hoffnungsvollen jungen Gelehrten, Peter von Molsdorf genannt Peter Weller, welchen der Herzog schon auf seine Kosten in Wittenberg hatte studieren lassen, Fürbitte bei ihm eingelegt, daß ihm eine wissenschaftliche Reise nach Italien ermöglicht würde. Der Herzog gewährte die Bitte huldvollst; „weil wir selbst nicht gelehrt sind, aber gelehrte Leute doch allewege gerne bei uns gewußt haben und wissen wollen", schrieb er dem Reformator bescheiden zurück.[56]) Als seit Herbst 1544 von dem ersten Professor der Theologie an der Königsberger Universität, Stanislaus Rapagelanus, die ersten theologischen Vorlesungen gehalten wurden, hat der Herzog sie mehrmals besucht und auch den Disputationen dieses noch unter Luther's Dekanat promovierten Doktors der Theologie beigewohnt.[57]) Als dann der von ihm sehr verehrte Mann starb, ließ ihn der Herzog im Dome zu Königberg neben seinem eigenen Grabdenkmal beisetzen, „nachahmend das Beispiel des Scipio Africanus, welcher den Ennius gleicher Ehre würdigte", wie Sabinus in seinem rhetorischen Schreiben an Melanchthon vom 30. Juni 1545 hinzufügt.[58]) Als Nachfolger Rapagelan's trat 1546 Staphylus ein. Mit rührender Freundlichkeit begrüßte der Herzog den Beginn der Lehrthätigkeit auch dieses ihm von Melanchthon empfohlenen Magisters. „Auch wir wollen seine Lektionen", schrieb er an Melanchthon am 30. Juli 1546, „mit

Fleiß besuchen, so oft wir es nur können; denn so alt wir auch
sind, so schämen wir uns doch nicht, ein Schüler in der heiligen
Schrift zu sein, sondern danken Gott dafür, der uns dazu be=
rufen."⁵⁹) Er ehrte in den Theologen die Verkünder der gött=
lichen Wahrheit; darum lag ihm das Schicksal solcher Geistlichen,
die in unverschuldete Not und Gefahr gerieten, besonders schwer
auf der Seele. Da bewährte sich, was ein polnischer Großwürden=
träger einst von Albrecht rühmte, daß er der Patron aller Evan=
gelischen („Patronus omnium Evangelicorum") war. Nur zwei
Beispiele mögen davon berichten. Im Sommer 1526 hatte der
eifrig katholische Polenkönig Sigismund I. in seiner „Königlichen
Stadt Danzig" einen politisch religiösen Aufruhr blutig erstickt und
bei dieser Gelegenheit auch die evangelischen Prediger der Stadt,
so viele ihrer nicht entflohen waren, einkerkern lassen. Nun hatte
Albrecht schon am 22. März 1526 in einem lateinischen Briefe,
den wahrscheinlich Crotus Rubianus begeistert und formvollendet
verfaßt, den König herzandringend gebeten, daß nicht die Sache
der evangelischen Prediger mit der der Aufrührer vermischt, und
besonders daß nicht ihre Verehelichung zum Grunde ihrer Ver=
urteilung gemacht werde.⁶⁰) Im Mai darauf machte Albrecht
in Danzig seinem Oberlehnsherr seine Aufwartung. Da gelang
es ihm, den hervorragendsten der gefangenen Prediger, den eigent=
lichen geistlichen Reformator Danzigs, Magister Michael Meurer
aus Heinichen (Hähnchen, daher Hähnlein, Galliculus), welchen
Luther selbst 1525 nach Danzig gesandt hatte, und der seitdem
an der Marienkirche rein erbaulich gepredigt hatte, in Person vom
Polenkönige loszubitten und mit nach Preußen zu nehmen, wo
derselbe bis an seinen Tod († 1537), zuletzt in Königsberg neben
Brießmann und Poliander als Pfarrer im Stadtteil Löbenicht,
in großem Segen wirkte. Aber das Schicksal der anderen Pre=
diger schien ein furchtbares werden zu sollen; denn sie wurden
zum Tode verurteilt, aus Danzig neun und aus Marienburg
zwei. Da machte sich Albrecht wieder auf, um den König auf dessen
Rückreise von Danzig nach Krakau unterwegs in Marienburg
zu treffen. Das gelang. Sigismund empfing den Herzog in
Audienz. Um was sich ihre Unterhaltung gedreht hat, wissen
wir nicht; als aber der Herzog im Begriff war, Abschied zu

nehmen, fiel er dem Könige zu Füßen, um die Losgebung der gefangenen Prediger zu erbitten. Der Fußfall rührte das Herz des Königs; er richtete den Herzog auf und gewährte ihm seine Bitte mit der Bestimmung, daß die Prediger das polnische und preußische Gebiet verlassen sollten.⁶¹) — Im Jahre 1549, um ein anderes Beispiel seiner Hilfsbereitschaft anzuführen, hatte er gehört, daß der katholisierende Herzog Erich von Braunschweig-Calenberg den Reformator Antonius Corvinus samt anderen evangelischen Predigern gefangen gesetzt, wieder andere des Landes verjagt habe. Albrecht meldete darauf dem Herzoge Erich am 14. Dezember 1549, daß ihm das „sehr schrecklich zu hören gewesen;" er fürchtet, daß Erich dahin beredet sein möge „die erkannte Wahrheit des Evangelii, unsern Herrn Christum, zu verlassen und statt dessen die abgöttischen Greuel wieder einzusetzen", und ruft Gott deshalb innig an und bittet, er wolle Erichs Herz zu rechter Erkenntnis Christi führen, dabei erhalten und davon nicht weichen lassen. Erich wolle die frommen Prediger freilassen und, falls sie bei ihm kein Unterkommen haben sollten, sie nach Preußen schicken, „weil wir", fügt Albrecht hinzu, „solche und dergleichen gelehrte gottfürchtige Leute gern haben." „Und wollen sich je Eure Liebden", schließt der fürstliche Schreiber ernst warnend vor „göttlicher Strafe", „an den Dienern seines lieben Wortes nicht vergreifen, sondern dem Herrn aller Herren seinen Raum lassen."⁶²) Wo hätte damals ein anderer Fürst in deutschen Landen Mut und Herz gehabt, ähnlich „in christlichem Eifer", wie Albrecht von sich an Erich schrieb, für die gescheuchten Prediger des Evangeliums einzutreten, damals, als Karl V. sein Interim wie einen Bann auf die Evangelischen gelegt und noch kein Moritz von Sachsen sich für den Protestantismus erhoben hatte! — Verweilen wir bei den Fürsten besonders, da begegnet uns Albrecht in dem großen Kreise seiner Verwandten geradezu als der Evangelist unter seinen Brüdern und Vettern. Seine Familien-Korrespondenz bietet dafür zahlreiche Beweise.

Seinem ältesten Bruder, dem Markgrafen Kasimir, welcher zu Karl V. hielt und 1527 als Oberfeldherr gegen die Türken starb, redete Albrecht 1526 in das Gewissen, um ihn evangelisch zu stimmen. „Sollen wir Gott gefallen", mahnt er den Bruder (am 4. (?) Januar 1526), „so müssen wir der Welt ganz und gar absagen, dieselbe verleugnen." — Denn „die von Gott verordneten müssen dem Ebenbilde Christi gleichförmig sein." „Eure Liebden wissen", schrieb er ihm am 9. Juni dieses Jahres, „daß man dem hellen Worte Gottes folgen [und] nicht zur Linken oder Rechten gehen [soll];" „Gott will wider den Spruch nicht gehandelt haben: wer mich vor der Welt nicht bekennt, den werde ich vor meinem himmlischen Vater auch nicht kennen. Doch ist heilsam, wo einer fällt, daß er wieder aufstehe."[63]) — Größere Freude erlebte Albrecht an seinem jüngeren Bruder Georg. Daß dessen Name unter der Augsburger Konfession steht, ist wesentlich dem Einflusse zu verdanken, welchen Albrecht durch Briefe aus Königsberg in den Jahren 1527 bis 1529 auf den ihm sehr sympathischen Bruder ausübte. Am 8. Mai 1527 verhandelte Albrecht mit ihm brieflich über die Einführung der Reformation in den ansbachschen Landen und sprach ihm dabei „nicht wenig erschrocken" sein brüderliches Bedauern aus, daß sie noch immer nicht eingeführt sei; Georg werde als mitregierender Fürst darob „bei Gott und Menschen nicht entschuldigt sein." Seines Erachtens, schreibt Albrecht, wäre von Georg vielmehr die Rettung seiner Seele als der Nutzen der Herrschaft zu betrachten nötig.[64]) Wenig Wochen darauf folgt (am 10. Juni 1527) eine neue Mahnung, „fest zu beharren und sich nicht abwenden zu lassen. Denn die Prüfung muß ausgehalten werden und Leugnen gilt nicht. Christus würde uns sonst auch vor dem himmlischen Vater verleugnen. Darum sehen Eure Liebden wohl zu, und wenn etwas derartiges geschehen wäre, ist es besser, wieder umzukehren und die Leute nicht zu fürchten als die Seele zu verlieren; ja es ist auch besser, daß einer weder Güter noch das Leben habe oder behalte." Albrecht hofft, daß weder Georg noch sein Schwager Herzog Friedrich von Liegnitz in das päpstliche Wesen gewilligt habe. „Denn wenn ich das bei Euch und unserm Schwager befände", fährt er fort, „wüßte ich wenig Glauben in Euch beide zu setzen. Denn wer Gott sein Wort nicht hält, was sollte der den Menschen halten? Ich hoffe aber, ich werde erfahren, daß beide Eure Liebden der keins thun werden, das [von König Ferdinand] befohlen ist, sondern Gott mehr gehorchen und das Wort [Gottes] werden lauter sich verbreiten lassen. Darum will ich Gott bitten und bitte inständig, daß er Eure Liebden beide mit Gnade erleuchten und erhalten wolle, und wenn Jemand gefallen ist, daß er ihn zur Erkenntniß führen und wiederum aufrichten wolle! Amen."⁶⁵⁾ Noch eindringlicher ermahnte Albrecht am 26. September 1527 den geliebten Bruder, dem Evangelium „seinen Gang und Schwang zu lassen" und als „Ritter Gottes" sich vor „Feldflucht" zu hüten. „Nachdem ich Eure Liebden zuvor für einen evangelischen Fürsten erkannt, will ich nicht hoffen, daß sich Eure Liebden einige Menschenfurcht werden dem Evangelio abwenden lassen. Darum, lieber Bruder, bitte und ermahne ich durch Gott, Eure Liebden wollen alle Furcht hintan setzen, Land, Leut, Weib und Kind, auch Euren eigenen Leib verachten und verlassen, Christo unserm Heiland allenthalben vertrauen und das Ewige vor dem Zeitlichen bedenken und annehmen, dem Evangelio seinen Gang und Schwang lassen und bedenken: der Euch Leib und Seele gegeben von junger Ernährung bis anhero und in Mutter Leib erhalten, der kann Euch vor Teufel, König, Fürsten ꝛc. auch erhalten. Denn wahrlich, den Rittern Gottes gebühret, mit dem Schwerte des Glaubens fest zu streiten und beständig ohne alle Feldflucht bei Christo [als] einem Haupte zu stehen. Denn wie hoch eine Feldflucht in der Welt zu achten ist, wieviel höher zu bedenken die Ehre bei Gott. In Summa, den Verständigen ist gut predigen, [ich] hoffe zu Gott und zweifele nicht, mein Ermahnen werde Frucht bringen. Ich bitte aber Gott wohl, wo einige Verblendung sei, Eure Liebden werde derselbigen abgethan, und [Gott wolle] Eure Liebden in Gnaden erleuchten! Amen."⁶⁶⁾ — Georg ging auf die Gedanken seines Königsberger Bruders ein: am 11. Juli 1529 konnte dieser ihm schreiben: „Wir haben sonderlich mit hocherfreutem Gemüt Euer Liebden beständige evangelische und christliche Beharrung ganz gern vernommen;"⁶⁷⁾ und am Jahresschluß, als Georg von einer schweren Krankheit genesen war, finden wir beide brieflich in herzlichstem religiösen Einverständniß. Er habe, schreibt Albrecht am 26. Dezember 1529 aus Königsberg, mit Betrübniß von Georgs Erkrankung gehört und freue sich nun, daß er wieder gesund sei, und zwar um so mehr, als er erkenne, daß der Bruder einen gnädigen Gott habe (d. h. evangelisch gläubig sei). „Denn ohne Zweifel besucht er die Seinen unterm Kreuz, will sie auch probieren, wie das Silber siebenmal durch das Feuer, zeigt hiermit Euren Liebden und uns allen in Gnaden an, wie ganz ein vergänglich elend Ding es um diese Welt ist." — Albrecht erinnert, rät, bittet und tröstet, „daß sich Eure Liebden keine Bedrohung, kein Gift, Gabe oder Verheißung verführen wolle lassen, von dem göttlichen Worte abzustehen, ob auch die ganze Welt abfiele. Dieweil Gott die Seinen bis an das End', das ewige Wort, geliebt, zweifele ich nicht, wir sind auch die Seinen, und daß er uns bis an das Ende lieben werde."⁶⁸) Wenige Monate später stand Georg vor Karl V. zu Augsburg und erklärte, sich lieber den Kopf abschlagen zu lassen als an der Frohnleichnamsprozession teil zu nehmen: da stand der „Ritter Gottes mit dem Schwerte des Glaubens ohne alle Feldflucht bei Christo als seinem Haupte", er selbst in seiner Person ein Siegel auf die Worte Albrechts. — Ein anderer Bruder Albrechts war Johann Albrecht, Coadjutor des Erzbischofs Albrecht und später dessen Nachfolger im Erzbistum Magdeburg und Bistum Halberstadt; ihn, der katholisch blieb, ermahnte der Herzog in einem Schreiben am 29. November 1530, sich nicht verhetzen zu lassen und sein Vertrauen nicht auf Menschen zu setzen.⁶⁹) Und weit über den Kreis der Verwandten hat Albrecht in fürstlichen Kreisen zu evangelisieren gesucht. Im Sommer 1526 hat er dem polnischen Könige Sigismund eine „ganz theologische Epistel" übersandt, in welcher er ihn aufforderte, die Sache des Evangeliums aufzunehmen und zu schützen.⁷⁰) Der König blieb streng katholisch; aber noch als sich das Leben des greisen Monarchen seinem Ende nahte, hat Albrecht brieflich versucht, in dem Könige den Sinn für die Wahrheit des Evangeliums zu wecken.⁷¹) Tiefer scheint Albrecht auf dessen Nachfolger Sigismund II. August eingewirkt zu haben. Wenigstens hat dieser im Jahre 1549 dem herzoglichen Geschäftsträger Terla gesagt: „Lieber Terla, das magst du mir fest glauben, daß ich keinen Menschen auf dieser Erde habe, noch zu haben vermeine, zu dem ich mich mehr Liebes, Gutes, auch aller Treue versehe, denn zum Herzog von Preußen." Albrecht aber ließ, als ihm dies gemeldet war, dem jungen Könige noch ausdrücklich den Rat geben, daß er sanftmütig regieren möge,

„Christi Lehre nach."[72]) Und unter diesem Könige hat in Polen keine Verfolgung der Evangelischen stattgefunden; nicht bloß hat Laski wieder in sein Vaterland zurückkehren dürfen, sondern die Städte Danzig, Thorn und Elbing haben auch ihre Religionsprivilegien, welche ihnen den lutherischen Kultus sicherten, von diesem Könige erhalten.

Daß ein Fürst von so ausgesprochen evangelischer Gesinnung den Schicksalen des Schmalkaldischen Bundes mit aufrichtigem Interesse folgte, wird zu erwarten sein. Schon bei den ersten Bündnisbestrebungen evangelischer Fürsten sehen wir ihn thätig. Bereits am 5. Juli 1526 erklärte er sich auf Anträge des Kurfürsten Johann von Sachsen erbötig, zum Zwecke der Beschützung des Evangeliums mit ihm eine Verständigung einzugehen.[73]) Am 29. September desselben Jahres hat Albrecht zu Königsberg den Entwurf eines Vertrages angenommen, worin auf der Grundlage des Torgauer Vertrages zwischen ihm und dem Kurfürsten „die Beschirmung des Glaubens und was dem anhinge" vereinbart wurde. Als die wahre Ursache des Bündnisses wird dort angeführt, daß etliche (hohe) Geistliche und deren Anhänger im heiligen römischen Reiche Anschläge machen, die Verkündigung des Wortes Gottes zu verhindern. Nun setzen zwar der Kurfürst und der Herzog ihr Vertrauen in allewege auf Gott, versprechen sich aber, einander mit Rat und Hülfe beizustehen, sobald sie wegen des Wortes Gottes oder wegen der Veränderung, welche aus dem Worte Gottes gefolgt sei oder noch folgen würde, angegriffen oder falls ihnen deshalb Netze gestellt würden, und zwar will Albrecht „hundert gerüstete Reisige" zu Hülfe schicken.[74]) Ein ähnliches Bündnis ging der Herzog am 10. März 1527 mit dem Landgrafen Philipp von Hessen ein: er versprach diesem, falls er aus den oben erwähnten Ursachen mit einem Heere überzogen würde, den Sold für hundert Reisige zu zahlen.[75]) Diesen Bündnisbestrebungen mußte Albrecht von vornherein und für immer zugethan bleiben, weil er ja darauf gefaßt sein mußte, sein Herzogtum, das recht eigentlich zu den „Veränderungen" gehörte, welche aus dem Worte Gottes gefolgt waren, nötigenfalls mit Waffengewalt zu verteidigen. Zwar hatte er noch im Herbste 1526 (29. Oktober) von Königsberg aus eine von Crotus Rubianus entworfene meisterhafte Verteidigung des Rechtes zur Aufhebung des Ordensgelübdes und der Notwendigkeit dieser Säkularisation des Ordenslandes Preußen den Fürsten und Ständen des deutschen Reiches zugeschickt.⁷⁶) Sie war gegen eine Schmähschrift Dietrichs van Cleen gerichtet, in welcher er als „Meister deutschen Ordens in deutschen und welschen Landen" auf dem im Juni und Juli zu Speyer abgehaltenen Reichstage gegen Albrecht die Anklage erhoben hatte, daß derselbe dem deutschen Adel eine besondere Zuflucht, ein „Spital und Eigentum" entzogen habe. Auf wessen Seite Karl V. treten würde, ist leicht zu erraten. Schon am 18. Januar 1527 bestätigte er den von den außerpreußischen Rittern des deutschen Ordens gewählten „Administrator des Hochmeisteramtes" Walter von Cronberg und erließ am 14. November 1530 von Augsburg aus ein Strafmandat gegen Albrecht, des Inhalts, das Land Preußen an Walter von Cronberg abzutreten oder innerhalb neunzig Tagen vor dem Kammergerichte zu erscheinen und die Gründe anzugeben, weswegen er zu dieser Abtretung nicht verpflichtet sei. Da er dem Ansinnen nicht nachkam, sprach der Kaiser zu Speyer am 19. Januar 1532 die Reichsacht über Albrecht aus und sie ist nie zurückgenommen worden. Hat sie auch im Lande Preußen keine Rechtswirkung gehabt, weil dort die kaiserliche Autorität nichts bedeutete, und der Polenkönig im Notfall den Herzog geschützt haben würde, so hat doch Albrecht den Schimpf, der ihm angethan worden, nie verwunden, und naturgemäß trieb ihn diese Behandlung, als der Schmalkaldische Krieg ausbrach, auf die Seite der nun gleichfalls geächteten Fürsten; „denn ihre Wohlfahrt unsere Wohlfahrt ist", schrieb er an Justus Jonas.⁷⁷) Schon im Juni 1546 erfahren wir, daß er sich in einem Schreiben an den Kurfürsten Johann Friedrich von Sachsen erboten hatte, „ihn in vorfallender Not nicht zu verlassen" und siebenhundert leichte Reiter zu stellen. Da es indeß in dem abgelegenen Lande Preußen beschwerlich war, eine so starke Reitertruppe zusammen zu bringen, so versprach der Herzog schließlich, statt ihrer den Verbündeten 20 000 Gulden Hilfsgelder zur Kriegführung zu übersenden. Und diese Summe ist noch überboten worden; Preußen zahlte 29 841 Gulden. Dem Lauf der Ereignisse aber konnte der Herzog nur mit dem Ausdruck tiefster Wehmut und mit Worten innigen Trostes folgen. Da wünscht er in einem Briefe an den Kurfürsten vom 28. Juli 1546 zunächst, daß Gott den Kaiser Karl V. erleuchten möge. Weil nun aber der Kurfürst und der Landgraf in eigner Person ins Feld ziehen müssen, so geht Albrechts Wunsch für sie dahin, daß „Gottes Segen, Sieg und Ueberwindung" der Feinde ihnen zu Teil werde, damit Gott „als ein starker Gott und Beschützer seines Wortes von den Verfolgern erkannt, und sie zur Buße und wahrer Erkenntnis erleuchtet" werden. In einem anderen Briefe zweifelte er nicht, daß Gott den Bekennern des Evangeliums beistehen werde (12. August 1546). Noch am 2. November 1546 wünscht er den Verbündeten „Victoria, Glück und Heil." Aber der Krieg verlief gegen all' sein Hoffen. Mit wie tiefem Schmerze er die Schicksale der Verbündeten auf seinem Herzen trug, erkennen wir aus einem Trostbriefe, welchen er zum Jahreswechsel 1548 der Familie des gefangenen Kurfürsten, adressiert an dessen Sohn Herzog Johann Wilhelm von Sachsen, von Königsberg zuschickte, voll Teilnahme, daß er das erste Neujahr, wo die Familie ihres Hauptes entbehrte, nicht wollte ohne ein Trostwort vorübergehen lassen. Und so innig hat er mit eigener Hand geschrieben, daß man meint, ihm ins Herz schauen zu können. Hören wir seine eigenen Worte! „Hochgeborener Fürst, freundlicher lieber Herr Oheim und Sohn. Ich wünsche Euren Liebden von Gott, unserm lieben Heiland, und nicht allein Euren Liebden sondern auch derselben geliebten Mutter und Brüdern, göttliche Gnade und ein seliges neues Jahr und daß Eure Liebden alle, auch wir anderen, [wachsen] in wahrer Erkenntnis des Kindes, so uns geboren, und Sohnes, der uns gegeben in seinem Wort, das er ist, welches Fleisch geworden, ein Licht in's Finstere uns gesandt, das alle Gläubigen zu erleuchten gekommen, ewig in uns leuchten und wohnen möge, auf daß wir alle, so solches angenommen, denen er auch Macht gegeben, Kinder Gottes zu werden, ewig sein und bleiben, wie er Johannis am 17. spricht, sein da er ist. Amen." Nach diesem einleitenden Segenswunsche meldet er, daß er in allen Kirchen seines Landes Gott herzlich bitten lasse „für Ihren lieben Herrn Vater und alle Eure Liebden, daß der allmächtige Gott alles das wiederum geben und verleihen wolle, dadurch sie zeitlicher und ewiger Gesundheit erfreut und in aller seligen Wohlfahrt erhalten werden möge. Will, damit ich schmerzende Wunden nicht höher schmerzen mache, nachlassen von Mitleiden zu schreiben, sondern dem Erbarmer aller Herzen zum Heilen heimstellen, mit was herzlicher Treue und Liebe ich Euer Liebden Herrn und Vater, Mutter und Eure Liebden alle meinen thue, zweifle auch gar nicht, die göttliche Allmacht werde alles Unglück in Glück und zu göttlichem Lob und Euer Liebden Seelenheil schicken. Was mich und mein Land selbst angeht, befehle und lege ich mein Anliegen auf meinen Heiland Christum; der wird's wohl machen. Solle ich aber je das Kreuz schmecken, bitte ich, seine Allmächtigkeit wolle mich würdig machen, daß ich um seinet willen leiden möge."⁷⁸) Daß ein Fürst von der Gesinnung Albrechts bald darauf an den politischen Verhandlungen, welche zur Schaffung eines neuen protestantischen Fürstenbundes gegen Karl V. gepflogen wurden, Teil nahm, wird erwartet werden; aber er hat auch jetzt den Standpunkt von 1526 festgehalten, daß er sich von jedem Angriff fern halten und nur zur Verteidigung des Wortes Gottes und seiner Bekenner das Schwert zu ziehen bereit war. — Noch an einer andern Stelle begegnen wir dem thatkräftigsten Eingreifen Albrechts zu Gunsten des Protestantismus außerhalb des preußischen Landes: wesentlich durch seine Vermittelung ist das Erzbistum Riga evangelisch gemacht worden.

Daß Albrecht sich bemühte seine Hand auf die baltischen Provinzen zu legen, wird nicht Wunder nehmen, da der deutsche Orden in Livland seit dem dreizehnten Jahrhundert die herrschende Stellung inne hatte. Da Albrecht selbst aber weder einen Rechtstitel noch die Macht hatte, das Land an sich zu nehmen, so erschien es ihm als das Beste, einem seiner versorgungsbedürftigen Brüder die Anwartschaft auf den erzbischöflichen Stuhl daselbst zu verschaffen, um so das Erzbistum mittelbar von Preußen abhängig zu machen und dem Evangelium zu erschließen. Gelegenheit dazu fand sich, als der Erzbischof Thomas Schöning, welcher 1527 gewählt worden war, 1528 im römischen Reiche sich vergeblich um politischen Schutz bemüht hatte und darauf 1529, als er durch Preußen zurückkehrte, von Albrecht für ein Schutzbündnis gewonnen wurde; am 15. September 1529 wurde zu Königsberg vereinbart, daß Albrecht die „Conservatur" oder den Schutz des Erzbistums übernahm, während der Erzbischof einen jüngeren Bruder des Herzogs, den Markgrafen Wilhelm von Brandenburg, zum Coadjutor mit dem Rechte der Nachfolge ernannte. Der durch den älteren Bruder unerwartet beglückte jugendliche Markgraf wurde aus Franken nach Preußen entboten und ist von Albrecht beraten und geschützt im Jahre 1530 nach Livland geritten, hat auf dem Schlosse Ronneburg seinen Sitz aufgeschlagen und nach Schönings Tode wirklich das Erzbistum in Besitz genommen. Seit mehreren Jahren hatte Luthers Lehre in Riga, Dorpat und Reval Eingang gefunden, und vor allen andern war es der Stadtsyndikus Johann Lohmüller gewesen, der die evangelische Bewegung geleitet hatte; allein noch 1531 hält Lohmüller selbst das „evangelische Häuflein" für das allerkleinste in Livland. Aber der Coadjutor glich doch schon dem Nikodemus, der bei Nacht (zu Jesus) wandelt,[79] und 1540 empfahl Wilhelm in einem Briefe an Luther diesen selbst und seine Gehülfen in den Schutz Gottes. So ist doch hauptsächlich durch Albrechts Mitwirkung selbst dieses Land, wo nach Wilhelms Ausdruck „das Paternoster ein Ende hatte", lutherisch geworden.

Nicht zu unterschätzen ist ferner der Einfluß, welcher von Preußen auf Polen ausging. Es gehört zu den weit verbreiteten Vorurteilen, daß die in Polen später auftretenden protestantischen Elemente hauptsächlich durch den in lateinischer Sprache verbreiteten Calvinismus wach gerufen seien. Umgekehrt darf man sagen, daß die früheste evangelische Bewegung im Königreich Polen durch Wittenberger Einflüsse bestimmt ist, und zwar ging diese Bewegung vielfach über Königsberg. Abgesehen von den Briefen Albrechts an den König Sigismund begegnen uns von 1531 an Versuche Albrechts, nach Polen religiös zu wirken. Im Frühjahr 1531 schickte er eine polnische Uebersetzung von Luthers kleinem Katechismus an einen angesehenen Geistlichen in Krakau als Geschenk. Leider ist diese Uebersetzung gänzlich verloren gegangen; aber ein polnischer Zeitgenosse vermutete im Jahre 1533, daß ihr Urheber am Hofe Albrechts lebe.[80] Wichtiger wurde, daß Albrecht an der Grenze Preußens und Polens im südöstlichen Winkel des Herzogtums einen polnischen Adeligen, welcher studiert hatte und die Buchdruckerei verstand, Johann Malecki von Sandatz, Male-

tius genannt, 1537 als „Erzpriester" oder Superintendent in
Lyck anstellte und ihm ein Grundstück zum Betriebe des Bücher=
drucks schenkte. Maletius hatte wegen seiner evangelischen Ge=
sinnung aus seiner Heimat fliehen müssen; jetzt arbeitete er an
der Herstellung einer evangelischen polnischen Litteratur, der erste
polnische Buchdrucker evangelischen, lutherischen Bekenntnisses; der
Sohn aber, welcher darauf bei Sabinus in Königsberg studierte, half
dem Vater treu und übernahm selbst den Vertrieb der Sachen
nach Polen hinein. Leider ist bis jetzt nicht ein einziger Lycker
Druck aufgefunden; aber aus dem Briefwechsel beider Maletius
mit dem Herzoge aus den Jahren 1552 und 1558 erfahren wir,
daß sie nicht nur polnische evangelische Katechismen hergestellt
haben, sondern im Jahre 1552 auch eine polnische Bibelüber=
setzung Neuen Testamentes zu drucken im Begriff waren; „eine
Probe dieser zukünftigen Uebersetzung" sandte Maletius am
27. Mai 1552 an den Herzog Albrecht mit der Bitte, ihren Druck
zu genehmigen, das heißt doch wohl die Kosten dafür zu tragen.[81])
Ein Brief des jüngeren Maletius an Albrecht aus dem Jahre
1558 läßt uns in die Art und Weise, wie Vater und Sohn ihr
Geschäft betrieben, einen interessanten Einblick thun. Da beide
wenig Geld hatten, liehen sie die zum Druck der Katechismen
notwendige Summe von drei Kirchgemeinden Masurens; das
Papier und was sonst zum Druck notwendig war, wurde aus
Danzig besorgt; der jüngere Maletius, welcher als seinen Anteil
500 Exemplare erhielt, machte sich mit ihnen auf den Weg nach
Polen, um sie selbst dort zu vertreiben. Unter Lebensgefahr zog
er umher; aber da er seine Katechismen nicht öffentlich verkaufen
durfte, erlitt er großen Schaden und gab die unverkauften Exem=
plare schließlich an evangelisch gesinnte Große geschenksweise ab.
Nach seiner Rückkehr bat er den Herzog, ihn von der Rück=
zahlung der geliehenen Summe an die drei Kirchengemeinden zu
entbinden. Der Herzog aber reskribierte unter dem 4. Juli 1558,
er könne den Kirchen nichts nehmen; falls aber Maletius die
Kirchenältesten der betreffenden Gemeinden selbst zum Verzicht auf
die dargeliehene Summe bewegen könne, so sei er selbst damit zu=
frieden.[82]) Einmal hatte Herzog Albrecht den älteren Maletius
sogar auf drei Jahre nach Polen beurlaubt, wohin er von dem

Herrn Nicolaus Radziwil, Herzog in Olika und Nieswisch im polnischen Littauen bei Wilna, „zur Verfertigung etzlicher Druckerei" erbeten war; während dieser Zeit solle ihm seine Pfarrstelle in Lyck verbleiben, er aber einen Stellvertreter stellen.[83])

Ueberblicken wir die Thätigkeit Albrechts, welche er nach außen, über die Grenzen Preußens hinaus zu Gunsten des Protestantismus entfaltet hat, so erscheint sie nirgends geräuschvoll, aber so vielseitig teilnehmend und hilfsbereit, daß sie einen wohlthuenden Eindruck hinterläßt. Und das ist es auch, was wir von dem ganzen Manne sagen möchten, wenn wir abschließend eine Charakteristik von ihm entwerfen sollen.

Herzog Albrecht gehört nicht zu den Großen der Welt- und Kirchengeschichte; er hat nichts Heldenhaftes an sich, und eine Führerrolle hat er nicht gespielt.[84]) Aber durch die außerordentlichen Verhältnisse, in welche er sich hineingestellt sah und die er im Geiste der Neuzeit ausnützte, wurde er, was er war, eine weltgeschichtliche Persönlichkeit. Und er hat sie ausgenutzt nicht sowohl für sich als für das Wohl des Ganzen, in dem er lebte, für Land und Leute, für Staat und Kirche. Von dem Strome des Geistes, der aus dem Wittenberger Kloster ausging, hat unter den regierenden Fürsten deutscher Zunge er wohl am ehesten sich innerlich erfassen lassen, und so bald er politisch freie Hand bekam, hat er einen Chor ausgezeichneter Geister in seinem Herzogtum, jeden an richtiger und wichtiger Stelle angestellt, so daß unter seinem fürstlichen Schutze eine geistige Elite=Kolonie aus Deutschland nach Preußen zog und erst jetzt das Heidentum brach), das der deutsche Orden ohne Teilnahme für das Volk hatte wuchern lassen. Daß ein Polentz und Speratus, ein Brießmann und Poliander und zahlreiche andere Gesinnungsgenossen Luthers hier ihren Beruf fanden und in bewunderungswürdiger Weise erfüllten, wem anders ist es zu verdanken als Albrecht? Und mit großartiger Selbstbescheidung ließ er sie wirken, weil er vor ihrer Person und ihrem Werke hohe Achtung hatte. Wie er in vollem fürstlichen Selbstbewußtsein regierte, so zeigt er doch nirgends eine Spur von Menschenverachtung; nichts vom Despoten haftet ihm an; selbst um den ärmsten im Volke kümmert er sich wie ein Vater um die Seinen; er regiert als Landesvater, als der erste, welchen es auf preußischer Erde gab, gerade, ehrlich und aufrichtig. Urteilsfähige Zeitgenossen hatten den Eindruck, daß Sein oder Nichtsein Preußens an Albrechts Person hänge. Als im Jahre 1529 in einer großen Epidemie sein Leben auf dem Spiele stand, schrieb Speratus „Moriatur dux Albertus, dicat Borussia, actum est" „Stirbt Herzog Albrecht, so kann Preußen sagen, es ist vorbei" — und 1545, als dem Herzoge durch Nachstellungen Gefahr drohte, schrieb Polenz an ihn: „Wo etwas an Euer Fürstlichen Gnaden geschähe, würden wahrlich nicht elendere, betrübtere Leute in der ganzen Christenheit sein als wir armen Preußen dieses Fürstentums. Ich geschweige, welches mich am höchsten bekümmert, daß wir schwerlich bei dem Evangelio und Worte Gottes werden bleiben können, sondern mit Gewalt und Tyrannei davon gedrungen und abgehalten." Man muß Albrecht nur nicht nach der Regierung seines Greisenalters beurteilen, wo er durch häusliches Unglück und durch eine klug arbeitende geistlich-politische Camarilla mürbe gemacht, außerdem übermannt durch den verblüffend unverschämt auftretenden Abenteurer Skalich, den falschen Markgrafen von Verona, ein Spielball der Parteien wurde.[5]) Haben wir dagegen bei seiner Beurteilung sein Lebenswerk vor Augen, das er in ungeschwächter Manneskraft vollbracht, so wird man seinem fürstlichen Walten und seiner politischen Weisheit volle Anerkennung zu teil werden lassen müssen; nirgends entdeckt man an ihm einen unedlen Zug, und dem Lande hat er, nachdem er den preußischen Staat begründet, den Frieden erhalten bis zu seinem Tode. Diese Regentenweisheit aber floß nicht, wie bei Karl V. aus politischem Kalkül, sondern war der Ausfluß einer ungeheuchelten Frömmigkeit; die „Furcht Gottes" war für Albrecht „aller Weisheit Anfang." Der Herzog pflegte inbrünstig zu beten. Das Königliche Staatsarchiv bewahrt eine große Sammlung handschriftlicher Gebete, welche er selbst zu seiner „Uebung in der Gottseligkeit" aufgeschrieben hat, Gebete am Morgen, Gebete am Abend, Gebete in allerlei Nöten Leibes und der Seele, Betrachtungen über einzelne Psalmen, über neutestamentliche Bibelstellen, über das heilige Abendmahl und dergleichen mehr, sie sind meist sehr lang und mit fließender Handschrift geschrieben, also in Wahrheit Ergüsse seiner frommen Seele, welche in solchen Contemplationen andachtsvoll feierte. Und in dieser festgewurzelten evangelischen Frömmigkeit fand er die Kraft, gegen Andersgläubige tolerant zu sein, oder besser ausgedrückt, ihnen mit Achtung zu begegnen. So stand er auf gutem Fuße mit den katholischen Königen Sigismund I. und II. von Polen und verkehrte auch höchst angenehm mit den Bischöfen der katholisch gebliebenen polnisch-preußischen Diöcesen Ermland und Kulm; er ladet den katholischen ermländischen Domherrn Nicolaus Koppernicus, welcher der Arzeneiwissenschaft kundig war, nach Königsberg, daß er einem seiner Getreuen Hilfe bringe, und das Frauenburger Domkapitel überläßt ihm das hochangesehene Mitglied seiner Gemeinschaft in entgegenkommender Weise; und nicht bloß der ärztlichen Kunst des greisen Domherrn freut sich der Herzog, auch von seiner neuen Wissenschaft der Bewegung der Himmelskörper, von welcher er durch dritte Hand Nachricht bekommen, hat er mit gebührender Achtung Kenntnis genommen. Aber daß der Herzog in seinem hohen Alter selbst wieder katholisch geworden sei, ist eine wahrscheinlich durch Skalich ausgesprengte Unwahrheit.⁵⁶) Selbst den Juden bewies er Menschenfreundlichkeit; es sind uns zwei Fälle urkundlich bekannt, in welchen er jüdischen Aerzten gestattete, sich in Königsberg nieder zu lassen und öffentlich zu praktizieren: „doch daß du dich allewege", schrieb er 1538 dem ersteren, Isaak May, „deines Glaubens halten, niemand damit beschmitzen, auch keinen Wucher treiben und sonsten rechtschaffen halten thust." ⁵⁷) Der Jude muß das Vertrauen des Fürsten nicht getäuscht haben; daher gestattete Albrecht (1541?) die Zulassung eines zweiten jüdischen Arztes, Michel Abraham, in Königsberg ohne Bedenken und trug sogar den Magistraten der drei Städte, aus denen damals Königsberg bestand, auf, den Juden, falls er sich aufrichtig und redlich beweise, aufzunehmen.⁵⁸) So hatte selbst den Verstoßenen gegenüber das Evangelium ihn frei gemacht von den Vorurteilen des Mittelalters, in welchem er selbst erzogen war. Und wie er gelebt, so ist er gestorben.

Er hatte sein Alter bis auf 77 Jahre gebracht, als er unter schwerem körperlichem Leiden allmählich seiner Auflösung entgegen ging. Von dem schweren Schlaganfall, welcher ihn 1563 getroffen hatte, hat er sich nicht wieder erholt.⁵⁹) Er wurde so siech, daß er gänzlich von Anderen bedient und gespeist werden mußte. In Tapiau, wohin man ihn wegen einer in Königsberg grassierenden Epidemie gebracht hatte, verlebte er den Winter 1567 zu 1568. Er litt an Steinschmerzen oft so furchtbar, daß ein steinern Herz hätte jammern müssen, wie sein Leichenprediger sagt; aber er beugte sich mit wunderbarer Geduld unter die gewaltige Hand Gottes. In der Sterbenswoche hat er unter anderen Gebeten das Vaterunser gesprochen und nach der Ordnung der sieben Bitten dem himmlischen Vater Dank gesagt; nach der siebenten sprach er: „Du hast mich, Herre Gott, die Zeit meines Lebens erfahren lassen viel und große Angst und hast mich wieder lebendig gemacht und hast mich aus der Tiefe wieder herauf geholt. Aber es ist noch der letzte Feind vorhanden, nämlich der Tod. Von dem, bitt ich dich, dieweil ihm dein geliebter Sohn durch seinen Tod und Auferstehung die Macht genommen hat, wollst du mich auch gnädiglich erlösen und mir ein gnädiges und seliges Stündlein verleihen."[30]) Das ist ihm bescheert worden; Sonnabend den 20. März 1568, früh bald nach 6 Uhr, verschied er sanft und stille, ohne ein Zeichen eines Schmerzes. Sein Leichnam ward in der Domkirche zu Königsberg beigesetzt; sein Andenken aber blieb gesegnet bis in unsere Tage. Denn der Staat, welchen er geschaffen, ist die Wiege des preußischen Königtums geworden; die Landeskirche, deren Pfarreien er rechtlich fundiert, funktioniert noch jetzt im Geiste ihrer ersten Zeugen, und die Universität, die er gestiftet, hat sich zur Hochschule Kants entwickelt. Der Fürst, welcher dieses dreifach hohe Werk zustande gebracht, verdient sein Denkmal in der Geschichte Preußens, in der des Protestantismus und der modernen Bildung. Möge das Bild seiner liebenswürdigen schlichten Persönlichkeit uns nimmer entschwinden!

Anmerkungen.

1. (S. 4) M. Jähns, das Kriegsbuch des Markgrafen Albrecht in Märkische Forschungen 20. — F. Wagner, Herzog Albrecht I. von Preußen und seine Kriegsordnung vom Jahre 1555 (Sonntagsbeilage zur Norddeutschen Allg. Zeitg. 1887 Nr. 9-16.). — 2. (S. 8) P. Tschackert, Urkundenbuch zur Reformationsgeschichte des Herzogtums Preußen Band I bis III (= Publikationen aus den K. Preuß. Staatsarchiven. Bd. 43 bis 45) Leipzig 1890. Auf den in Bd. II und III dieses Werkes enthaltenen Quellen ruht hauptsächlich die im Texte gegebene Darstellung der reformationsgeschichtlichen Bedeutung Albrechts. Die vorliegende Notiz über den deutschen Orten s. in Bd. I, S. 111. — Eine quellenmäßige „biographische Skizze" Herzog Albrechts giebt Karl Lohmeyer (Danzig 1890), welcher die Daten seines äußeren Lebens zusammenstellt. — Eine Beurteilung Albrechts vom politisch-geschichtlichen Standpunkte liefert Hans Prutz f. Anm. 84. — 3. (S. 8) Joachim, die Politik des letzten Hochmeisters Albrecht Bd. I (= Publikationen aus den K. Preuß. Staatsarchiven. Bd. 50) 1892, S. 9. 4. (S. 10) Tschackert, Urkundenbuch u. s. w. Bd. II (1890), Nr. 248. — 5. (S. 10) Joachim in Zeitschr. f. K. Gesch. hrsg. v. Brieger XII, 46 ff. und Derselbe, die Politik des letzten Hochmeisters Albrecht I (1892), S. 95 ff. — 6. (S. 11) Wagner a. a. O. — Nach Louis Neustadt, „Aus der Mappe eines Hohenzollern am ungarischen Hofe" (1892), S. 31 sind diese Briefe aus Prag geschrieben. 7. (S. 12) Tschackert, Urkundenbuch u. s. w. Bd. II (1890). Nr. 974. - 8. (S. 13) Wagner a. a. O. 9 (S. 13) Joachim in Zeitschr. f. K. Gesch. XII, 46 ff. 10. (S. 14) Joh. Voigt, Briefwechsel Albrechts (1840) S. 479. 11. (S. 14) Luthers Briefe hrsg. von de Wette II, 266; Luthers Briefwechsel v. Enders IV (1891), S. 40. — 12. (S. 15) Tschackert, Urkundenbuch u. s. w. II, Nr. 118. — 13. (S. 16) Vgl. Tschackert, a. a. O. I, S. 24, wo die Quellen angegeben sind. 14. (S. 17)*) Luthers Werke, Erl. Ausg. 29, 16 ff.; Weimarer Ausg. 12, 228 ff. — In meinem Urkundenbuche hatte ich im Anschluß an die überlieferte Datierung des Sendschreibens Luthers die Vollendung desselben auf den 28. März 1523 angesetzt. Kawerau hat dagegen in der von ihm besorgten Edition in der Weim. Ausg. a. a. O die Abfassung desselben nach dem Besuche Albrechts bei Luther angesetzt. Er ist der Meinung, daß „eine

*) wo Zeile 6 von unten irrtümlich Anm. 15 gedruckt ist.

alte Notiz" die Vollendung der Schrift auf Sabb. p. Concept. Mariae d. i. (1523) 12. Dezember, angesetzt habe; später habe man das verwechselt, habe aus Concept. Mariae „Annunt. Mariae" gemacht und dann als den Sonnabend darauf den 28. März angesetzt. Die Argumentation Kawerau's ist aus mehreren Gründen sehr ansprechend. Wenn demgemäß Luthers Sendschreiben eine Wirkung des Besuches Albrechts bei Luther war, so erhält es durch diesen Besuch eine neue Beleuchtung; es war dann gewissermaßen „bestellte Arbeit", wie sich Kolde in seinem „Martin Luther" II, 2 (1893), 573 ausdrückt. — 14a. (S. 20) In der „Altpreußischen Monatsschrift" Bd. XXVIII (1891), S. 141 ff. hat D. Benrath in seiner sehr dankenswerten Besprechung meines „Urkundenbuches" sich veranlaßt gesehen, unter anderem meine chronologische Ansetzung der Wirksamkeit Brießmanns und meine Charakteristik des Amandus zu beanstanden. Ich habe nämlich den Dr. Brießmann für den ersten, den Amandus für den zweiten der preußischen Reformatoren erklärt, und als Charakter ist mir Amandus in Preußen ein christlicher Demagoge, der mit Grund aus Preußen ausgetrieben wurde und erst nach diesen und anderen Erfahrungen verständig geworden sein dürfte, so daß er in Goslar wieder ins evangelische Kirchenamt kam. Benrath meint dagegen, daß Amandus, „aller Wahrscheinlichkeit nach der erste war, welcher evangelisch in Königsberg gepredigt hat", und hält ihn für „einen tüchtigen Charakter." Es ist hier nicht der Ort, auf diese und andere dort aufgestellte Urteile ausführlich einzugehen; ich hoffe anderwärts Gelegenheit zu finden, eine ganze Reihe von Nachträgen und Verbesserungen zu einzelnen Punkten der preußischen Reformationsgeschichte im Zusammenhange den Fachgenossen vorzulegen, und werde mich im Interesse der Sache bei dieser Gelegenheit bereitwilligst auch mit Benraths Argumenten ausführlich auseinandersetzen. Hier sei nur in Kürze folgendes bemerkt:

a) Was die Frage nach der Priorität Brießmanns oder des Amandus betrifft, so stützt sich Benrath auf Simon Grunau's Chronik, auf Wiegand's Vitae theologorum und auf einen Ausspruch des Bischofs Polentz in dessen Weihnachtspredigt 1523. Darüber ist meine Meinung, daß Grunaus Chronik für die Feststellung von Zeit=Daten schlechterdings unbrauchbar ist und in angeblichen Referaten aus Reden, Predigten oder Schriften Anderer wenig Glauben verdient (denn wenn er schon Geschriebenes nachweislich entstellt, um wie viel leichter Gesprochenes, was er nur von Dritten gehört hat — er in Danzig Worte aus Königsberg!), daß ferner Wiegand nur nach Hörensagen berichtet, aber die Anfänge der Reformation Preußens selbst nur sehr oberflächlich kennt, und daß endlich Polentz über das Datum des Anfangs der Predigtthätigkeit Brießmanns nicht spricht; — meine Erzählung stützt sich dagegen

α) auf Urban Sommers Manuskript (bei Colbe, mein Urkundenbuch II. Nr. 141), wo Brießmanns erste Predigt im Dome zu Königsberg auf den 27. September 1523, Amandus' erste Predigt in der altstädtischen Kirche aber auf den 29. November 1523 (1. Adventsonntag) angesetzt ist.

„Caplan" Sommer war mit Brießmann gleichzeitig evangelischer Geistlicher am Dom zu Königsberg, und seine **privaten** Aufzeichnungen verdienen (Glauben; β) auf eine unabhängig von ihm geschriebene, allgemein als glaubwürdig beurteilte, gleichzeitige Quelle, das Altstädtische Memorialbuch Beler-Platners (welches von Benrath nicht benutzt ist; vgl. über dasselbe mein „Urkundenbuch" II, Nr. 137). Hier findet sich ein Referat aus der Abschiedspredigt Brießmanns, welche er am 29. September 1527 vor seinem Abgange nach Riga in der Domkirche zu Königsberg gehalten hat. Dort wird berichtet: „Am Beschluß der Sermon zeigt er [Brießmann] an, wie er vier Jahr allhie geprediget, sich selbst nit eingedrungen, sunder berufen gewesen 2c. Und wie wohl er das **lautere reyne Wort Gots**, wies der Text gebracht, am ersten durch den Willen Gots in diesem Ort des Fürstentums gepredigt, so hett er doch wenig Gunst erlangt." (Handschrift der Stadtbibliothek zu Königsberg Lit. S. fol. 43, p. 500—504, auch gedruckt Acta Bor. II, 679 ff. Der dort Msc. p. 342 noch genannte Georg Schmidt (Domherr) kann als Reformator nicht in Betracht kommen.) Durch diese beiden, mit den Ereignissen **gleichzeitigen, glaubwürdigen, von einander unabhängigen und in Königsberg lebenden** Berichterstatter ist sowohl das Datum des Anfangs der Reformation in Königsberg als auch die zeitliche Priorität Brießmanns vor Amandus gegen Grunau und Wiegand sicher gestellt.

b) In Bezug auf den **Charakter des Amandus**, der anfangs von Luther und Albrecht empfohlen und von Gattenhofen verteidigt war, sind doch darauf die Speratus, Polentz, Beler-Platner und (der von Benrath gleichfalls nicht berücksichtigte) **Freiberg** vollgültige Zeugen dafür, daß Amandus zwar, wie ich selbst deutlich hervorgehoben habe, ein „wirkungsvoller Prediger", aber leider **ein demagogischer Hetzer** war, ein preußischer Thomas Münzer, ein „Alsteter" wie Luther ihn bezeichnet. Erst nachdem es ihm auch in Danzig und in Pommern recht schlecht ergangen war, mag er verständig und ruhig geworden sein, so daß Luther ihm ein gutes Zeugnis ausstellen, und die Stadt Goslar ihn 1528 ins kirchliche Amt nehmen konnte, wo er 1530 starb. — (Anm. 15. S. 17 ist als Anm. 14 gedruckt.) — **15.** (S. 23) Tschackert Urkundenbuch u. s. w. II, Nr. 219. — **16.** (S. 23) A. a. O. II, Nr. 270, wo aber Nicolovius statt Nicolaus zu lesen ist. **17.** (S. 25) A. a. O. II, Nr. 166. — **18.** (S. 26) A. a. O. II, Nr. 252. — **19.** (S. 27) A. a. O. II, Nr. 270 a und b. — **20.** (S. 27) A. a. O. II, Nr. 309. **21.** (S. 30) A. a. O. II, Nr. 300. **22.** (S. 31) Simon Grunau, Traktat 22. **23.** (S. 32) Tschackert a. a. O. II, Nr. 290. — **24.** (S. 32) A. a. O. Nr. 291. — **25.** (S. 37) A. a. O. II, Nr. 417. **26.** (S. 37) A. a. O. Nr. 415; vgl. Nr. 456. **27.** (S. 38) A. a. O. II, Nr. 456. — **28.** (S. 40) Text bei Nicolovius, die bischöfliche Würde in Preußen S. 106. **29.** (S. 41) Tschackert a. a. O. II, Nr. 597 (und 601 a). **30.** (S. 42) A. a. O. II, Nr. 633. — **31.** (S. 43) A. a. O. II, Nr. 707. — **32.** (S. 43) A. a. O. I, S. 166 ff. — **33.** (S. 44) Mislenta, manuale Prut., prooem. f. 6d. **34.** (S. 44) Tschackert

a. a. O. II, Nr. 1061. 35. (S. 15) A. a. O. I, S. 187 ff. 36. (S. 17) A. a. O. I, S. 196 und 198; dazu den Brief Albrechts in Kolde, Analecta Lutherana (1883), S. 157. — 37. (S. 48) Tschackert a. a. O. II, Nr. 975. 38. (S. 60) A. a. O. I, S. 205—278. S. 279 ff. — 39. (S. 63) W. Möller, Andreas Osiander 1870; — Karl Alfred Hase, Herzog Albrecht von Preußen und sein Hofprediger. 1879; jenes Werk enthält die Biographie Osianders, dieses die von Funk; — in beiden befindet sich die quellenmäßige Begründung der Geschichte jener „Königsberger Tragödie", welche oben im Texte skizziert ist. — 40. (S. 65) Tschackert, Urkundenbuch u. s. w. III, Nr. 1872. — 41. (S. 67) A. a. O. II. Nr. 452, 453 und 454. — 42. (S. 68) Das Gebet Albrechts a. a. O. II. Nr. 500; die Erklärung des Vaterunsers Nr. 694. 43. (S. 69) Carl Alfred Hase, Herzog Albrecht u. s. w. (1879) S. 388—396. — 44. (S. 70) David Voit in der Leichenpredigt Acta Borussica I. 640. — 45. (S. 71) Tschackert a. a. O. II, Nr. 1127. — 46. (S. 71) A. a. O. III. Nr. 1851. — 47. (S. 71) A. a. O. III. Nr. 1135 ff. — 48. (S. 71) So wird mein Urkundenbuch I, S. 317 zu ergänzen sein. — 49. (S. 72) Tschackert, Urkundenbuch u. s. w. II, Nr. 2005. — 50. (S. 73) Joh. Voigt, Mitteilungen u. s. w. im Preuß. Prov.-Kirchenblatt 1840, S. 30. — 51. (S. 75) Tschackert a. a. O. II, 1318. — 52. (S. 75) A. a. O. III, Nr. 2414. 52a. (S. 76) Joh. Voigt, Briefwechsel (1840), S. 171--216. 53. (S. 79) Text in Chemnitz, Examen conc. Trid. ed. Preuss (1861), p. XII. - 54. (S. 80) Joh. Voigt, Briefwechsel (1840), S. 260—276. 55. (S. 81) Tschackert a. a. O. III, Nr. 2259. — 56. (S 82) A. a. O. II, Nr 927 (28. Juni 1534). — 57. (S. 82) A. a. O. III, Nr. 1744. 58. (S. 82) A. a. O. III. Nr. 1751. — 59. (S. 83) A. a. O. III. Nr. 1896. — 60. (S. 83) A. a. O. II, Nr. 449. — 61 (S. 84) A. a. O. II. Nr. 508. 509. — 62. (S. 84) A. a. O. III. Nr. 2310. — 63. (S. 85) A. a. O. II. Nr. 429 und 492. 64. (S. 85) A. a. O. II. Nr. 545. — 65. (S. 86) A. a. O. II. Nr. 551. — 66. (S. 86) A. a. O. II, Nr. 562. — 67. (S. 86) A. a. O. II. Nr. 635. — 68. (S. 87) A. a. O. II, Nr. 691. — 69. (S. 87) A. a. O. II, Nr. 717. — 70. (S. 87) A. a. O. II, Nr. 512. — 71. (S. 87) A. a. O. III. Nr. 1838. 72. (S. 88) A. a. O. III, Nr. 2209. 73. (S. 88) Stoy, „Erste Bündnisbestrebungen evangelischer Stände" in Zeitschr. des Vereins für Thür. Gesch. u. Altertumskunde VI (1888) S. 215 ff. — 74. (S. 88) Tschackert a. a. O. II, Nr. 515. — 75. (S. 88) Stoy a. a. O. S. 223 ff. 76. (S. 89) Tschackert a. a. O. II, Nr. 519 und lat. Nr. 520. Vgl. I. S. 150, wo die Inhaltsangabe steht. — 77. (S. 89) A. a. O. III. Nr. 1910, vgl. II, Nr. 832 und I, S. 179 ff. 78. (S. 91) A. a. O. III. Nr. 2078. — 79. (S. 92) Worte Lohmüller's bei Tschackert a. a. O. II. Nr. 776. — 80 (S. 92) Tschackert a. a. O. II, 771 und 902. 81. (S. 93) A. a. O. III. Nr. 2397. — 82. (S. 93) A. a. O. III. Nr. 2405. — 83 (S. 94) A. a. O. III, Nr. 2375. — 84. (S. 94) Hans Prutz, Herzog Albrecht von Preußen (Festrede), in Preuß. Jahrb. Bd. 66, Heft 2, S. 185. 85. (S. 95) Die quellenmäßige Schilderung des Treibens Skalichs giebt C. A. Hase, Herzog Albrecht von Preußen und sein

Hofprediger (1879), S. 287—330. 86. (S. 96) C. A. Hase a. a. O. S. 375. D. David Voit, der Hofprediger des Herzogs Albrechts, berichtet zwei Jahre nach dessen Tode zur Widerlegung des von Stalich aufgebrachten Gerüchtes: 1561 habe der Papst den Herzog durch einen Gesandten zur Beschickung des Konzils von Trient einladen lassen; Albrecht habe sie abgelehnt und in der schriftlichen Antwort, welche er dem Gesandten mitgegeben habe, sich auf's neue voll zur Reformation, speziell zur Augsburgischen Konfession bekannt. (1570, 20. März) Text in Acta Borussica I (1730), S. 665—667. — 87. (S. 96) Tschackert a. a. O. II, Nr. 1149. — 88. (S. 96) A a. O. II. 1351 — 89. (S. 96) Lohmeyer, Herzog Albrecht (1890). S. 43. — 90 (S. 97) David Voit in Acta Borussica I, (1730) S. 648—649.

Inhaltsangabe.

Seite.

Die Eigentümlichkeit der Reformation im Ordenslande Preußen und die geschichtliche Stellung des Herzogs Albrecht S. 3—6. Feststellung der Aufgabe in drei Teilen S. 6.

I. Teil: **Wie Albrecht dazu kam, der Reformation beizutreten.** 6—29
Der Zustand des Ordenslandes S. 6 ff. Die Schicksale des Hochmeisters Albrecht bis 1523 S. 8 und ff. — Albrechts Annäherung an Luther 1523 S. 15 ff. — Albrecht beruft die ersten Sendboten des Evangeliums nach Preußen S. 18 und umgiebt sich mit anderen Männern des modernen Geistes S. 21. — Albrecht säcularisiert das Ordensland Preußen und begründet das gleichnamige Herzogtum S. 23 ff. Beurteilung seines gleichzeitigen Verhaltens gegenüber der päpstlichen Kirche S. 25 ff.

II. Teil: **Was Albrecht für die Reformation in Preußen gethan.** 29—69
Albrecht hat in der Uebergangszeit die evangelisch gesinnten Bischöfe und Prediger in Preußen ungehindert wirken lassen S. 29 ff.; von 1525 an greift er direkt in die Evangelisierung Preußens ein S. 32 ff.; sein Mandat vom 6. Juli 1525 S. 34. — Die kirchlichen Artikel der ersten Landesordnung des Herzogs S 36. — Die erste evangelische Kirchenordnung Preußens vom 10. Dezember 1525 S. 37. — Die Neuordnung der Pfarrsysteme auf der ersten preußischen Kirchenvisitation 1526 S. 38 ff. — Die Berufung der ersten evangelischen Synoden in Preußen 1530 S. 42. — Vorübergehende Hinneigung Albrechts zur Schwenkfeldschen Lehre (bis 1535) S. 44 ff. — Der weitere innere Ausbau der preußischen Kirche im Sinne Luthers S. 48 ff. — Die zweite preußische Kirchenordnung (1544) S. 51. — Die Stiftung der Universität zu Königsberg (1544) S. 54. — Der osiandristische Streit und seine Wirkungen auf Kirche und Staat in Preußen in Albrechts Greisenalter; Al-

	Seite
brechts Lebenswerk überbauert den Sturm S. 60	63.
Albrechts Fürsorge für die Undeutschen, Polen, altpreußischen Ureinwohner und Littauer S. 63 ff. — Albrechts Privatleben in seiner Bestimmtheit durch das Evangelium S. 66 ff.	

III. Teil: **Wie viel Albrecht über die Grenzen seines Landes hinaus für den Protestantismus überhaupt geleistet hat.** 69 — 97

Albrecht läßt den Reformatoren und anderen evangelischen Gelehrten alle mögliche Förderung zu Teil werden S. 69 ff. — Sein Verhältnis zu Luther S. 70, zu Melanchthon S. 72, zu Bugenhagen S. 74, zu Joachim Camerarius S. 74, zu Veit Dietrich S. 75, zu Georg Spalatin S. 76, zu Martin Chemnitz S. 78, und anderen S. 79. — Albrechts Stipendiaten S. 80 ff. Albrecht der „Patron aller Evangelischen" S. 83. — Albrecht als Evangelist im Kreise der Hohenzollern S. 84 ff. — Albrechts Teilnahme an den Bündnisbestrebungen evangelischer Stände zum Schutze des Evangeliums S. 88. — Albrecht und das Erzbistum Riga S. 91. Albrechts Einfluß auf Polen S. 92. — Schlußcharakteristik Albrechts S. 94 ff. — Quellenangaben S. 98 ff.

*

Berichtigung.

S. 45, Zeile 11 von unten lies 1526 statt 1527.

Druck von Ehrhardt Karras, Halle a. S.